Rugby blues

DU MÊME AUTEUR

CHEZ LE MÊME ÉDITEUR

Le Retour de d'Artagnan, 1992.
Elvis, balade sudiste, 1996.
Spleen en Corrèze, coll. « La Petite Vermillon », 1997.
Les Masques de l'éphémère, 1999.

CHEZ ROBERT LAFFONT

Le Rêveur d'Amériques, 1980.
Le Bonheur à Souillac, 1982, Prix libre, Prix de la Table ronde française.
L'Été anglais, 1983, Prix Roger-Nimier.
À la santé des conquérants, 1984.
L'Ange du désordre : Marie de Rohan, duchesse de Chevreuse, 1985.
L'Irlandaise de Dakar, 1986.
Maisons de famille, 1987, Prix Kléber-Haedens.
Un léger malentendu, 1988.
La Corrèze et le Zambèze, 1990, Prix Jacques-Chardonne.
L'Hôtel de Kaolack, 1991.
Le Jeu et la chandelle, 1994.
Dernier verre au Danton, 1996.
Don Juan, 1998.

CHEZ D'AUTRES ÉDITEURS

Le Mystère Simenon, Calmann-Lévy, 1980.
Spleen à Daumesnil, suivi de *Le Tour des îles*, Le Dilettante, 1985.
Vichy, Champ Vallon, 1986.
Le Bar des Palmistes, Arléa, 1989.
Je me souviens de Paris, peintures d'André Renoux, Flammarion, 1998.

Denis Tillinac

RUGBY BLUES

La Table Ronde
14, rue Séguier, Paris 6e

ISBN 2-7103-0921-1.

Préface (1999)

Le royaume d'Ovalie m'a procuré depuis l'adolescence tous les bonheurs imaginables, et de quoi fabuler jusqu'au restant de mes jours. J'ai écrit Rugby blues *en 1993 pour lui signifier ma gratitude. La menace du professionnalisme se profilait. Depuis lors, il a gagné tous ses matches ; le rugby a renié ses ancrages traditionnels pour devenir un objet de négoce. La société du spectacle, qui lui était totalement étrangère, l'instrumentalise à la hâte pour complaire aux sponsors et aux chaînes de télévision. On a abâtardi ses règles pour le rendre accessible aux masses béotiennes. On a dénaturé le Championnat de France pour forger à coups de millions nouveaux des entreprises dites clubs par abus de langage qui lamineront de fait les villes moyennes en réservant le marché des joueurs à quelques agglomérations. On a singé le football en improvisant des compétitions dites européennes ou mondiales avec les îles Britanniques et les pays du Commonwealth, alors que le rugby était rien moins qu'universel et s'en portait à merveille. On fabrique des machines à bondir et à perforer à base de mus-*

culation, de diététique et de sophrologie. Le dopage s'ensuivra, par une pente fatale, s'il n'est déjà là. Seriné par des managers peu scrupuleux, souvent dépourvus de racines rugbystiques, le discours « élitiste » qui sous-tend cette évolution reflète avec servilité l'apologie ambiante du capitalisme mondialisé : only the strong survive !

Bref, le rugby polychrome que j'ai aimé, le rugby des clochers occitans et des apéritifs anisés, est en train de mourir. Requiem ! Nul ne l'ignore en Ovalie. On le déplore unanimement, avec un mélange variable de résignation et d'écœurement. Que cette agonie soit inéluctable, du moins dans le court terme, j'en conviens : l'argent fait toujours la loi. Je ne puis encaisser une perte si sèche de gaieté de cœur, et j'en veux aux arrivistes et aux affairistes qui ont mis l'âme du rugby aux enchères. Leur seule excuse, c'est qu'ils ne la connaissent pas. Ils n'y voient qu'un « produit » passible d'un financement et d'une promotion selon les principes du marketing et ils en escomptent un retour sur investissement. Les mêmes sévissent dans les sphères de la culture, et ont pareillement dénaturé la vie de l'esprit.

La passion ovale méritait mieux, et je rends grâces à Lapasset d'avoir essayé de sauver les meubles en temporisant. Je croyais l'avoir froissé en brocardant la Fédération, ses combines, sa bureaucratie, son clientélisme rad-soc et gascon hérité de la bande à Ferrasse. Tout au contraire, nous sous sommes liés. Même âge, mêmes ferveurs juvéniles, même inclination à la nostalgie, à ceci près que Lapasset se doit d'épouser – sans amour – l'air du temps. Moi qui ne suis responsable de rien, je puis dire et écrire que cet air est aussi pollué qu'inodore et que les mercenaires risquent de payer cher, à l'heure de la retraite sportive, les picaillons qu'ils auront pu glaner sur l'herbe.

Ce qu'on voit et entend dire autour des mains courantes depuis une dizaine d'années confirme mes pires appréhensions, et le processus s'est accéléré après la Coupe du monde de 1995. Mais la vie est tissée de paradoxes. L'aube grisâtre du professionnalisme aura correspondu à une manière d'âge d'or du CA Briviste et j'ai pu vivre de près cette aventure grâce à l'amitié de Dauzier, de Madrias et d'une pléthore de vétérans glorieux associés à la marche du club. Autour de Seigne qui est de mon haut-pays, et dans le sillage empanaché de Penaud, les millésimes des années quatre-vingt-dix ont mérité la comparaison avec ceux des années soixante-dix. Je n'oublierai pas l'apothéose de l'Arms Park, aux dépens de Leicester ; ni celle de Charléty, sous la neige, aux dépens de la Section Paloise. Mon patriotisme corrézien, en berne depuis que le SC Tulliste végète dans un anonymat déplorable, s'est doré la pilule au Stadium. Il bat un peu de l'aile depuis que Penaud s'en est allé. Bientôt il n'y aura plus un seul

Corrézien dans l'équipe, professionnalisme oblige : le temps de sympathiser avec un gladiateur, il a déménagé. L'actuel championnat me permet encore d'aller encourager le Stade Aurillacois depuis les tribunes rétro de Jean Alric, avec les volcans en ligne de mire et dans l'équipe des gars qui ont encore l'accent auvergnat. Pas pour longtemps. C'est un sursis, je le prends comme il vient.

Pour écrire ce livre, j'ai rencontré les rares idoles de ma jeunesse que je ne connaissais pas : Jean Prat à Lourdes, André Abadie à Toulouse, Pierre Lacroix à Agen, Jacky Bouquet à Vienne. Les hanches de Jacky ont forci, ses cheveux ont blanchi mais un arrosage au condrieu de ses souvenirs des années soixante nous a rajeunis d'autant. Par le fait, j'ai revu André Boniface. Il n'a pas vieilli, l'esprit de jouvence le protège. À mon aune d'adolescent perpétuel, Dédé est l'équivalent d'un Pelé au football, d'un Laver au tennis, d'un Elvis au micro : le meilleur de son temps, donc de tous les temps. Pour cette raison, je n'osais pas le tutoyer. Un jour, il m'a demandé de le faire. Cette admission mineure dans son intimité m'a paru aussi faramineuse que si de Gaulle, sorti de son sépulcre, m'avait appelé par mon prénom. Je nous revois dans la tribune du stade champêtre de Lit et Mixe, un après-midi d'automne, pour un derby avec Léon qui ne manqua pas de piment. Les gens avaient tous reconnu André Boniface, ils se demandaient par quelle malice des divinités landaises il était là, parmi eux, épiloguant sans relâche avec tel aficionado de base sur une passe mal troussée, un côté fermé qui ne s'imposait pas. Au retour j'étais passé par Montfort et devant la tombe de Guy, son petit frère, je me suis dit qu'au paradis ils continueront de se faire des croisées dans le ciel de la Chalosse.

Je me revois en état d'extrême ivresse avec Guy Savoy, Kampf, Liénard, Rinaldi, Cholley, Dubroca, Pardo, Bastiat et autres drilles dans un avion qui nous amenait à Johannesburg pour la finale de la Coupe du monde de 1995. Encore un paradoxe : je préférerais que cette compétition n'existât pas, car elle hâte la normalisation du rugby, mais enfin, puisqu'elle existe, je n'allais pas cracher sur le privilège de voir de mes yeux une finale opposant les Boks aux Blacks et d'assister en direct à un beau cliché historique : Mandela acclamé dans l'Ellis Park, revêtu du maillot vert des Springboks, le numéro 6 du capitaine Piennar dans le dos. Et aussi d'avoir côtoyé, lors de la réception officielle, Johan Claessen et Colin Meads. Les initiés me comprendront, pour peu qu'ils aient passé la cinquantaine.

Je me revois avec Jean-Pierre Rives, ébauchant mélancoliquement l'utopie d'un monde qui serait moins mal fagoté. Utopie entretenue sur un registre différent avec Daniel Herrero, dans sa péniche au bord de la Seine ou dans une calanque au bord de sa Méditerranée, en dégustant une dorade rôtie par

Yvan Roux le terrible, l'ancien seconde ligne d'une armada toulonnaise mémorable.

Je revois Fouroux, un soir, à Auch, chez Daguin qui venait de vendre l'Hôtel de France. Nous avions confronté nos vues à l'armagnac, jusqu'au milieu de la nuit. Nous récidivâmes ultérieurement chez Lafitte, et plus l'ivresse me gagnait, plus croissait ma perplexité : Fouroux est à la fois passéiste et futuriste, enraciné et itinérant. Ses impatiences sont bizarres mais ses intuitions valent le détour. Il venait de prendre à la hussarde la présidence de son club d'origine et le FC Auch est monté dans le train de l'« élite », ce dont je me suis réjoui. Quand les clubs qui m'ont donné à rêver s'offrent une résurrection, fût-elle brève et conditionnelle, je suis heureux : le Stade Montois, l'US Montalbanaise, le Stade Rochelais. Si Tyrosse, par miracle, revenait jouer dans la cour des grands, j'y prendrais un abonnement, c'est le club le plus méritant de France et de Navarre.

Je revois tels moments de grâce dégustés dans le commerce de copains aussi attachants que singuliers : Charvet, Cadieu, Sangali, Lux, Guillard, Blond, Cabannes, Champ, Palmié dont la truculence me rappelle celle de mon ami Rossignol. Je pardonnerais au rugby « pro » ses pom-pom girls inadéquates, ses speakers débiles et ses blazers cintrés si j'étais sûr qu'il tolérera comme avant des farfelus, des baroudeurs, des dilettantes et des chimé-

riques. Je suis convaincu, hélas, que la retraite d'un Accoceberry, d'un Simon et d'un Lhernet sonne le glas des irréguliers en tous genres. Les larmes de Jean-Marc Lhermet juché sur les épaules des avants de l'ASM, au soir de sa dernière finale, c'est le rugby de jadis et de naguère qui pleurait ses légendes.

Rien ne m'a plus ému que la parade des anciens de l'équipe de France organisée lors du dernier match à Saint-Denis du dernier Tournoi des Cinq Nations. On aurait dit les grognards de Napoléon, prostrés au bord de la Seine, tandis qu'un bateau convoyait vers les Invalides la dépouille mortelle de l'Empereur. De Zézé à Beré en passant par Quaglio, Chevallier et le beau Christian Carrère, il y avait de la nostalgie sur l'herbe où les lutins de Townsend, l'Écossais de Brive, mystifièrent un coq qui n'avait plus les ergots de ses aînés. Ils repousseront un jour, mais le coq des villages sera devenu un gros volatile calibré aux normes industrielles. Chantera-t-il encore ? Rien n'est moins sûr.

On apprend dans les grandes écoles l'art des conclusions pondérées : une dose de pessimisme, une dose d'optimisme, le tout assaisonné d'un scepticisme de bon ton. Ma plume ne sait pas tricher de la sorte ; en l'occurrence les mots qui lui viennent du cœur sont empreints de tristesse. L'histoire des cultures rugbystiques s'achève, et les performances indéniables des champions actuels ne sauraient m'en consoler. L'avenir nous promet un sport tout diffé-

rent. Il n'est pas exclu que je m'y intéresse. Après tout, quand je suis en Amérique, les péripéties de la NFL ne me laissent pas indifférent ; et le football, professionnel depuis belle lurette, continue de me passionner. Quand on aime les ballons et les stades, on y trouve toujours de quoi sustenter son imagination. Reste ce regret d'un jeu de preux et de gueux redevables à la gentry victorienne, qui embrasait nos bastides sudistes au soleil printanier des seizièmes.

Auriac, septembre 1999.

Pour Guy Boniface.

Pour Jean-Claude Astarie.

OUVERTURE

Une malice du hasard m'a posé à Vichy à l'âge de quinze ans qui n'est pas le plus agréable. Je n'étais pas maréchaliste et je n'avais pas mal au foie. Imaginez les impatiences d'un dadais reclus dans un décor d'opérette, parmi des curistes au teint cireux qui pérégrinaient autour des sources avec à la main un gobelet d'osier. Des fantômes les accompagnaient au casino, sur l'hippodrome ou dans les chalets affrétés pour Napoléon III : l'Empereur et sa cour, les cocottes de la Belle Époque, Laval et sa clique en costumes cintrés. Rien de comestible pour un lecteur d'Alexandre Dumas, un sectateur de De Gaulle, un disciple d'Elvis Presley. D'Artagnan vous exhorte à prendre le galop, les incantations de Malraux vous chavirent, *Don't be cruel* vous brûle les sangs – et vos exaltations tournent en solitaire le long des parcs d'Allier, sur une Rossinante en forme de Solex, avec en croupe une duchesse de terminale affligée de couettes à la manière de Sheila.

Partir... Sans le rugby j'aurais pris la route de Kerouac et me serais égaré. Sans ce bel exutoire je serais devenu fou d'ennui, peut-être malfaisant car toute irrégularité était bonne à prendre pour fuir l'ambiance crémeuse des palaces où jadis les miliciens de Darnand sablaient le champagne avec les gestapistes.

Le recul aidant, je m'aperçois que Vichy ne méritait pas tant de hargne : un adolescent fiévreux cherchait des noises, voilà tout ; je les aurais trouvées n'importe où dans le monde.

Grâce au ciel, Vichy, en ce temps-là, entretenait une équipe d'envergure nationale sous la houlette de Gérard Dufau, alias « Zézé », ancien capitaine du Racing et de l'équipe de France, demi de mêlée du genre à vous filer entre les crampons. Zézé avait gardé l'accent de Dax, ça inscrivait le rugby sur le registre de l'exotisme. La ville portait le deuil de ses fêtes galantes, le thermalisme prenait l'eau mais la saveur du pastis était forte à « La France », la brasserie où le Racing Club de Vichy tenait ses positions. J'y ai découvert qu'à la énième tournée les guéridons se mettent à tourner.

Et j'ai fait de fabuleux voyages sur les gradins du Stade Darrigon. Gradins de ciment à la mode des années trente, séparés du terrain par une piste cyclable comme au Parc des Princes lorsque enfant j'allais voir Kopa dribbler Marche ou Lerond. Car j'ai grandi à Paris, où les ballons sont ronds ; j'ai découvert au même moment de ma vie les ovales de cuir et de chair. Quinze ans, c'est aussi l'âge où les mains se risquent sur des hanches, en prélude à des mêlées plus ou moins ouvertes. Les feintes de corps de mes premières égéries, je les confonds avec celles de mes premiers adversaires ; de même les placages à retardement, les maillots arrachés, les défis à la Rodrigue – toute une ébullition charnelle...

Dimanche, 15 heures. Les équipes se sont échauffées sur le stade annexe, derrière un front de HLM où vivent des « pieds-noirs », ces exilés dont les filles sont plus délurées que les autochtones. Nous sommes au tout début des années soixante, les Beatles jouent encore ensemble, Roger Couderc fait ses débuts à la télé et j'ai filouté un BEPC à l'oral de rattrapage.

Les titans ont rejoint leur vestiaire, ils vont sortir du tunnel. Voici les gars de Saint-Sever (noir et blanc) : autant de pins landais qui défilent dans mon imagination – et les marrons sous la mêlée sentent la résine. Voici l'ogre biterrois (bleu et rouge) : c'est la garrigue avec des vignes dessus, et la mer au-delà, la mer de Valéry, toujours recommencée. Voilà la Section Paloise (vert et blanc) avec ses Pyrénées chapeautées de neige, dans le sillage empanaché de François Moncla, un cadet du Béarn monté à Paris et devenu capitaine, comme Tréville puis d'Artagnan. Et voici les Rochelais (jaune et noir) rassemblés autour du serre-tête de Le Bourhis, un seconde ligne aussi trapu que la tour des Quatre-Sergents. Une houle océane agite les regroupements.

À chaque club son exotisme, faramineux pour un écolier buissonnier qui voyageait seulement par procuration littéraire. Au pays du rugby les tuiles sont romaines, les accents chantants, les apéritifs anisés et les ventres des dirigeants arrondis par le cassoulet radical-socialiste. C'est une Occitanie élargie au Massif central, au sillon rhodanien, à la Bourgogne industrielle, avec deux capitaineries en terre étrangère, Toulon et La Rochelle. Pour moi c'était un Sud profond, un ailleurs aussi colorié que l'Orient de Loti, aussi mystérieux que l'Abyssinie de Rimbaud.

À chaque club sa mythologie. Les métallos du Creusot parlaient polonais dans les mauls et s'appelaient Bzukiewitz ou Kazorowsky. Ils avaient la main lourde, le rugby calleux et pour cause. Les Lourdais avaient des ailes, les Catalans du sang, les Alpins du cœur au ventre.

À chaque club son héros de légende, en exercice ou au rancart. Le dimanche où Vienne (bleu et blanc) fut à l'affiche, j'étais en colle jusqu'à 16 heures. Il y avait de la pluie et du brouillard. J'ai enfourché mon Solex et foncé au stade pour voir Jacky Bouquet, l'archange blond aux échappées imprévisibles. Je l'ai vu, loin derrière la mêlée d'où émanait une fumée de géhenne, pris dans la brume, solitaire, à mi-chemin des dieux et des vingt-neuf pauvres mortels qui pataugeaient dans la gadoue. La rencontre touchait à sa fin, les joueurs ne se distinguaient plus les uns des autres. Sauf lui. Le demi de mêlée plongeait, Bouquet tapait en touche pour sauver le nul. Soudain il fit la belle en zigzaguant entre les défenseurs. Percée en bleu et blond sous le ciel bas, mystifiant la pesanteur. Chevalier teutonique ivre de liberté, en quête d'un Graal énigmatique. Romantisme fou qui chaque lundi relançait la bataille d'*Hernani* dans les colonnes de *L'Équipe*. La France de langue d'oïl était pour ou contre l'Algérie française ou la bombe atomique ; l'autre prenait le parti de Bouquet ou celui d'André Boniface, l'apôtre du jeu de ligne.

J'ai vu Alfred Roques aussi, ou plutôt son crâne nu, et un causse s'inscrivait entre les perches avec des cailloux blancs, des chênes nains, des bergers de la préhistoire. Alfred Roques, le Pépé du Quercy, le Porthos de Cahors, pansu comme les piliers du pont Valentré, témoin ou survivant d'un rugby français de la haute époque, d'essence gasconne et paysanne. On disait qu'il retournait des bœufs en les prenant par les cornes. On disait qu'il soulevait des voitures pour amuser les enfants. Des voitures, des tracteurs, des montagnes : on fabulait éperdument sur ce menhir taciturne, car là-bas, dans la fosse aux lions de Johannesburg, il avait bel et bien déraciné les monstres afrikaanders. An de grâce 1958, 16 août : France 8 - Springboks 5. Première ligne : Roques, Vigier, Quaglio. Deuxième ligne : Mias, Momméjat. Troisième ligne... Je pouvais citer de mémoire la composition des équipes et raconter les matches, en empruntant au lyrisme de Denis Lalanne qui a inventé *ex nihilo* un genre littéraire, la chanson de geste rugbystique.

En roulant joyeusement les « r », la plume de ce journaliste de *L'Équipe* a révélé au peuple français une chevalerie insolite : le XV de France. Son compère Henri Garcia a pris la balle au rebond.

Lalanne venait à son heure. Avant guerre, notre rugby n'inspirait aux Britanniques qu'une commisération assez désobligeante. Soit ils nous infligeaient des roustes, soit ils nous congédiaient. Soudain Jean Prat vint. Jean Prat de Lourdes, « Monsieur Rugby » pour les gens instruits. Alors, le coq chanta ; des éclairs parcoururent les ciels tourmentés de Twickenham et de Cardiff. Le XV de France pouvait voyager loin. Il emmena Lalanne dans ses bagages, en Afrique du Sud puis en Nouvelle-Zélande. Lalanne en revint avec des souvenirs peu communs, dont il fit son miel littéraire. C'était le Joinville nouveau d'une série de croisades à mains nues, prêchées au pied de la grotte par les frères Prat et les frères Labazoy ; le Froissart d'une féodalité dont les seigneurs avaient le sens de l'honneur, à défaut de particule.

*

Ces seigneurs du royaume d'Ovalie, je les ai tous vus à Vichy en armure : Celaya, Saux, Crauste, Domenech, Lira, Spanghero, et ces duettistes sujets à controverse, les Boniface et les Camberabero.

J'ai vu Pierre Danos, maître biterrois des élégances. On l'appelait Pierrot la Science. Lalanne a trouvé mieux : le Dominguin du rugby. Ses passes, ses esquives évoquaient un dessin de Cocteau dans sa veine tauromachique. On lui a prêté une maxime d'une arrogance inouïe : au rugby, il y a ceux qui déménagent les pianos, et ceux qui en jouent. Danos était Glenn Gould : il jouait merveilleusement juste, à charge pour les déménageurs – Mas, Barrière, Salas, Arnal, Rondi, Gayraud – de lui servir des ballons propres. Les douteux, il les repoussait du pied, avec le dédain d'un Grand d'Espagne. En sorte qu'à la fin des matches son maillot ni son short n'étaient maculés. Question d'esthétique, pas de courage : à Pretoria en 1958, il tituba sur le terrain jusqu'au coup de sifflet final, tomba trois fois, se releva trois fois avant de s'abandonner à un coma de plusieurs heures.

J'ai appris le rudiment, qui en bonne pédagogie commence par l'alphabet. Le SBUC, c'est Bordeaux dont les grands millésimes remontent au tournant du siècle. L'USAP, c'est Perpignan, toute une Catalogne. L'ASM, c'est Montferrand, autant dire Michelin. Le Stado, c'est Tarbes, le BO, Biarritz et l'Aviron, Bayonne, Bayonne, comme dans la chanson.

J'ai appris les couleurs aussi : le vert de Montauban, l'orange de Narbonne, le violet du PUC, les damiers de Romans et de Bègles, le tango de Chalon que Michel Vannier dansait sur un seul pied, et l'ovale s'envolait entre les perches, olé !

J'ai fait de grands progrès en géographie pour équilibrer tant soit peu ma condition de cancre. Élève Tillinac, où se trouvent Graulhet, Lannemezan, Castres, La Voulte, Beaumont-de-Lomagne, Saint-Vincent-de-Tyrosse ? Je levais le doigt vers le ciel où planaient des ballons ovales ; mes anges gardiens me soufflaient la réponse adéquate. Carmaux, Tarn, vert et noir, fief de Jaurès et patrie de Pagès, championne de France en 1951.

Je savais tout : les riches heures du Stade Français à la Belle Époque, la gloire de Quillan, du LOU et du BO entre les deux guerres, l'assomption de Lourdes après la Libération, les traditions, les figures et les styles.

C'était une culture un peu singulière, qui m'éloignait de toute mention au bac et autres futilités, mais me rapprochait de moi-même. Je dois au rugby le sens de la mémoire, et peut-être ce penchant à chercher l'âge d'or dans les cryptes du passé. Je lui dois autant d'émotions violentes ou subtiles, autant de moulins pour mon quichottisme que j'en ai trouvé plus tard chez mes écrivains préférés. L'humour, le regret, l'attente, le désir, la dérision, l'ambiguïté, le destin : tout est là, entre quatre lignes tracées à la chaux.

D'autant que les émotions d'Ovalie, je les ai éprouvées de l'intérieur : avant d'admirer les preux, je leur ouvrais le rideau avec les cadets, puis les juniors de Vichy. Peut-on écrire de l'amour sans l'avoir fait ? Je crois qu'une initiation rugbystique réduite aux travées manque de corps. Il faut avoir connu la peur dans un vestiaire « à l'extérieur », la fraternité dite « virile » aux relents d'huile camphrée, les quinze maillots dans la panière, la vaseline sur les oreilles, la dèche sous une mêlée qui sombre, le septième ciel d'une passe croisée réussie ou d'une percussion qui fait mouche, le temps qui explose en étincelles lorsqu'un placage néantise l'ennemi de l'heure, qui redeviendra copain tout à l'heure.

Il faut savoir « passer les bras » pour sentir le cousinage esthétique avec la tauromachie et avoir enduré des piétinements assortis de gifles pour apprécier, à ses abattis défendants, le côté *sang et muerte* de ce jeu de vilains codifié par des lords victoriens.

Je n'aurai été qu'un joueur d'envergure départementale, puis universitaire, avec en guise d'épilogue une saison en troisième division pour satisfaire à mes obligations militaires sans perdre les sensations. Mais enfin je sais, de science sûre, que le rugby n'est pas un sport comme le foot ou la politique. C'est un *continent* d'émotions et de références, une chanson de geste et mille chansons à boire, un peuple disséminé qui retrouve le langage de sa patrie devant n'importe quel comptoir, à Auckland ou à Narbonne, à Cardiff ou à Brive. C'est un havre de simplicité dans l'enfer des affectations, un cessez-le-feu dans la lutte des classes : princes et manants trinquent sans vergogne, le dimanche soir, dans les bars du Béarn ou de la Catalogne. Bars à rugby, comme on dit bars à entraîneuses, reconnaissables à leur bonhomie villageoise.

Point d'étiquette. L'obscur remplaçant de l'équipe réserve d'un club de quatrième série du comité de Périgord-Agenais est admis à lever le coude avec un Dominique Erbani ou un Philippe Benetton, pour peu qu'il détienne les mots de passe. Aucun tifoso milanais de base n'aura le privilège de se saouler un soir avec Gullit ou Van

Basten. Or j'ai vu, dans le désordre d'un apéritif au long cours, apparaître la longue silhouette de Laurent Cabannes qui n'est pas le premier venu. Tel pékin lui a tendu une chope, tel autre l'a entrepris sur les déboires du Racing. À chacun il a offert son sourire et sa gentillesse, sans mégoter, les yeux un peu perdus dans les étoiles car la bière coulait et Lolo est un Verlaine insoucieux des réalités, il prend la vie où il la trouve.

Cet épisode m'a ramené à ma jeunesse vichyssoise. Un dimanche de printemps le Grand Stade Montois des Boniface, Dauga, Darrouy et autres Amestoy remporta un seizième de finale aux dépens de Valence. Comment peindre le prestige des frères Boniface, André et Guy, enfants chéris d'un sellier de Montfort-en-Chalosse ? Il y avait eu le temps des Prat, nous étions dans le temps des Boni. La photo de ce couple bizarrement modèle était punaisée dans ma chambre, à côté de celle de Bouquet : syncrétisme de l'adolescence.

On apprit en ville que les Landais rentreraient à Mont-de-Marsan par le train de nuit, donc arroseraient leur victoire sur place, et sûrement pas à l'eau de Vichy.

Je n'étais qu'un infime junior local, pétrifié d'admiration en voyant André Boniface toréer avec son blouson les automobilistes de l'avenue Clemenceau, comme Belmondo dans *Un singe en hiver*, tiré du roman d'Antoine Blondin. Les deux frangins et Dauga m'ont embarqué, j'ai passé la soirée avec eux, d'un bar l'autre, titubant d'ivresse et surtout de reconnaissance. Merci...

Les attendus de cette dérive me sont revenus en mémoire lorsque, le 1er janvier 1968, on apprit que Guy Boniface s'était tué en voiture à Hagetmau, non loin de Montfort, son village. Ce jour-là, le pays d'Ovalie a pris un coup de vieux. Moi aussi.

Guy Boniface est le héros chaviré d'une nouvelle de Blondin, *Nous rentrerons à pied*. Un certain Maxime Aigueparse, champion de rugby en situation de demi-solde, vient s'ébattre dans la capitale pour y noyer ses déceptions. Lorsqu'il montait à Paris – pour y noyer quoi ? – Guy Boniface relançait Blondin dans l'oasis de la rue Mazarine où s'échouaient à l'aube les naufragés du *Courrier de Lyon* et autres récifs.

L'agonie de Guy en terre landaise, Denis Lalanne l'a évoquée pieusement : l'arbre grand, fort et bête, la clinique de Saint-Sever, la dernière supplique au médecin (« Dépêchez-vous, sinon je ne pourrai pas jouer dimanche »). Elle aura confirmé, au plus secret du cœur d'Antoine, une débâcle qui remonte à la mort de Roger Nimier. Ces « draps de métal horriblement froissés » : linceuls d'une mélancolie sans fond qui associe le rugby, l'amitié, les menus bonheurs et les vastes tragédies dans la ferveur littéraire. À quinze ans, je n'avais pas lu Blondin. J'ignorais qu'il était lié de forte amitié avec les Boni, avec Lalanne, avec Dauga, avec Nimier et tant d'autres swingueurs de la plume ou de l'ovale. Je ne pouvais pas savoir qu'un jour sa prose ferait mes délices, puis qu'il deviendrait un ami au crépuscule de son destin. À peine pressentais-je les affinités secrètes du rugby et de la littérature. Secrètes, discrètes : les princes de l'Ovalie sont pleins de pudeurs, éventuellement de maladresses. J'en connais beaucoup : aucun n'est médiocre, presque tous sont romanesques. Au bal des sentiments délicats et des exaltations de haut étage, ils dansent juste, comme Danos jouait juste.

Le rugby a été ainsi défini, par un aristocrate anglais : « Une certaine façon de prendre son thé. » Sans doute – mais aussi : une certaine façon de vivre en littérature, du côté des stylistes plutôt que des sonneurs de dogmes. Jacques Perret a relevé l'évident voisinage de la morale mousquetaire et de la rugbystique : même sens du panache, de la bravoure, de la fraternité, de l'idéal et de la gasconnade. Avant lui, Alain-Fournier, Jacques Rivière et Jean Giraudoux avaient perçu, balle en main, que le rugby est une vaste contrée de l'imaginaire où l'esprit de noblesse peut insuffler aux pires gouapes des actes princiers. Paul Morand, bien qu'ignare, l'avait également pressenti.

Kléber Haedens, autre ami de Blondin, ouvre son *Adios* à l'Arms Park de Cardiff avec cette mémorable « sautée » de Gachassin détournée de son cours par le vent. Après, c'est un roman d'amour que parachève la mort de Caroline. Toujours la tragédie, jamais loin de la fête célébrée par Pierre Sansot, autre écrivain rugbyphile. Une génération plus tard, Jean Colombier, ancien joueur de Saint-Junien et évidemment ami de Blondin, commémore dans son roman *Benoni* la geste de feu Jean Beloqui, pilier de mêlée, figure tutélaire de l'humble cité du gant qu'il gratifia d'une présence de plusieurs années parmi l'élite de la division nationale.

On vit derrière son cercueil de grosses larmes sur de grosses tronches qu'il avait contribué à raboter : Beloqui jouissait de l'estime d'un « milieu » qui hiérarchise les êtres selon sa propre morale. À son aune les raisons du plus pur sont toujours les meilleures – et la gloire ne pèse pas lourd dans la balance, si l'amitié charge l'autre plateau. Morale à la Blondin.

Tout se tient, tout s'enchaîne. La mort d'Antoine aura résumé la nostalgie qui me noue la gorge chaque fois que je reviens dans un stade. Parce que, chaque fois, les acteurs m'en rappellent d'autres. C'est dans la pièce où je l'ai vu sur son lit de mort, enfin délivré de tout et de rien, son gros chat assoupi sur son ventre, que j'ai fait la connaissance de Lalanne. Nous avons parlé de tout et de rien : les colères d'André Boniface, les fugues de Guy, sa dernière aube parisienne sur le canapé voisin. Françoise Blondin, qui connaît son Ovalie sur le bout du cœur, jetait des anecdotes sur la braise de la nostalgie.

Aux murs, des photos : Jean Prat, Marcel Aymé, Benoît Dauga, Roger Nimier, les Spanghero au complet, Rimbaud, les Boni...

Guy sourit, André boude. C'était il y a longtemps mais tout s'enchaîne, tout s'embrouille, le temps du rugby se rassemble comme des avants dans un maul. Si Didier Camberabero lâche un drop, je revois ceux de Guy et si j'entre dans le bar de Vincent Moscato, le talonneur de Bègles, je confonds sa silhouette avec celle de Swierczinsky, son prédécesseur, avec lequel il m'arriva de lamper quelques verres. Dans le huis clos de la rue Mazarine, à l'enseigne d'Antoine Blondin, tous mes souvenirs de rugby, tous mes songes littéraires se prennent par la main, et ça donne une danse de Saint-Guy, ou de Saint-Antoine.

L'envie d'écrire ces pages m'est peut-être venue à Saint-Germain-des-Prés, lorsque aux obsèques d'Antoine la voix magnifique de Pierre Dospital a entonné un chant basque. Il y avait, sur le parvis, trop de caméras et de snobs pour mon goût. Je craignais des funérailles parisianistes. Cette voix toute pure, cette voix d'ami restitua d'un coup la religiosité exigible en de telles occurrences. En même temps elle effaçait la frime des mondains, la pénombre du ciel parisien : « Dochpi » nous faisait passer la Loire à dos de pilier, nous étions au grand soleil d'Ovalie où Antoine, jusqu'à la consommation des siècles, arbitrera les troisièmes mi-temps. En trichant pour qu'elles s'éternisent. Amen...

I

MES UNIVERSITÉS

BALADES EN AQUITAINE

Aux environs de ma vingtième année j'ai su que je ne serais jamais le Dauger ou le Prat des temps modernes. Trop léger pour un avant, trop lent pour un trois-quarts, botte trop courte pour un ouvreur ou un arrière. J'étais moyen en tout. Amer constat à l'âge où l'on ne convoite que des cimes, éventuellement des abîmes. Jamais un coq ne chanterait sur ma poitrine.

J'ai quitté Vichy, ville frontière du royaume d'Ovalie, pour entrer dans le vif de son terroir. J'y reviens parfois. La ville a changé, pas le stade. Le gardien s'appelait Joseph Klytz. A-t-il pris sa retraite ? C'était un talonneur de l'engeance la plus rêche, avec les oreilles de l'emploi. Très brave homme au demeurant.

Il jouait dans un pack qu'on ne chahutait pas impunément à domicile. Barriquant, Fort, Palancade, Sureda, Coutière, Véronèse, Smirka. J'ai oublié les autres. Fort était moustachu, Smirka chauve, Barriquant large d'épaules. Ils n'ont pas dû rajeunir. Delpy, mon prof de gym, jouait à l'aile. Lorsque je suis parti, le club possédait un international relativement donjuanesque, Jean-Jacques Lenient, et venait d'accueillir en son sein trois grands joueurs : Alain Dusang, venu du Nord, et les avants gallois Brian Price et Denzil Williams. Ils ne sont pas restés longtemps. Je me souviens de quelques entraînements avec eux sur l'ancien tir aux pigeons. Nus sous la douche, ils inspiraient de la considération.

Un Corrézien m'a remplacé très avantageusement sur les rives de l'Allier : Michel Pebeyre. Il était junior comme moi, mais il a brûlé les étapes : à peine ses valises posées, il jouait en première ; deux saisons plus tard, il entrait en équipe de France où son père Élie l'avait précédé. Puis il quittait Vichy pour Montferrand. Après quoi il revint parachever à Brive une carrière brève, mais enviable.

Il nous arrive d'évoquer ensemble le RCV (jaune et bleu) qui n'est plus ce qu'il fut. Michel avait les moyens de ses ambitions. Moi, je traînais le boulet de mes incertitudes, ayant fait une croix sur toute velléité de grandeur rugbystique.

Entre-temps on m'avait refilé deux bacs, comme on balance des os à un chien. Pourquoi pas des études ? C'est l'alibi des irrésolus. Un canton de ma nature envisageait parfois un avenir de gâcheur d'encre.

Peu m'importait la discipline : elles se valent toutes. J'ai choisi Bordeaux ; ç'aurait pu être Toulouse. Le championnat universitaire se disputant en semaine, j'aurais les dimanches pour étayer ma culture à Musard (Bègles), à Sainte-Germaine (SBUC) et aux quatre vents de l'Aquitaine. Dépliez une carte Michelin ; dans un rayon de cent cinquante kilomètres, dont ma piaule d'étudiant figurait le centre, j'avais à portée de Solex une pléthore de clubs de nationale : Angoulême, Cognac, Agen, Condom, Salles, Dax, Mont-de-Marsan, Tyrosse, Bayonne, Biarritz, Le Boucau. J'en oublie sûrement.

En matière de prolégomènes, une menue escroquerie que Dieu me pardonnera, qu'il m'a peut-être suggérée. Je voulais revoir André Boniface. Une légende l'auréolait, crêpée de noir depuis la mort récente de ce petit frère qu'il aimait follement. En vérité le plus beau joueur de lignes arrière de tous les temps et de tous les pays était un couple : les frères Boni, André et Guy, l'eau et le feu, Apollon et Dionysos, le ciel d'azur et la tempête. André : profil de pâtre grec, lippe boudeuse ou dédaigneuse. Une statue de Phidias, au regard près. Proportions idéales, élégance innée, tenue non négligée. Buste droit quand il perçait – mais il savait lâcher un drop comme une diva se défait d'un foulard, percuter un pilier, toiser un opposant avec une majesté impériale.

André la gloire, André la classe, André la gouaille. André l'aîné qui protège et qui tance le benjamin dépenaillé dont la mèche pendait sur l'œil, la chaussette sur le talon, le cœur sur tous les mauvais barbelés de l'existence.

André était sage, père de famille, perfectionniste et capitaine du Stade Montois. Guy trimbalait des spleens rimbaldiens, s'enfuyait des Landes sans sommation, s'échouait à Paris comme une mouette blessée sur la grève, dans le giron des troquets où Blondin tenait ses quartiers d'amitié. Petit Poucet rêveur égrenant sur sa route des paires de crampons ; on les retrouvait au « Bar Bac », ou dans les trains.

Une photo résume la complémentarité des Boni. Pèlerinage à Lourdes. André a douze ans, Guy huit ou neuf. L'aîné est endimanché ; il tient par la main son benjamin occupé à bâfrer une banane, l'œil faraud, la chemise défaite. Michel Crauste les accompagne. Une légende veut que Jean Prat ait aperçu le trio devant son bar proche du stade et que le contraste l'ait ému.

Comment aborder André Boniface ? Élémentaire : avec un ami qui partageait ma vénération, je descendis à Mont-de-Marsan sous le prétexte d'une interview fictive, à paraître dans une revue fantôme. Le Prince des Landes nous reçut avec la meilleure grâce du monde. Si j'avais eu la moindre disposition à l'homosexualité, je serais tombé amoureux illico. Il était beau, il sentait bon l'ovale chaud. Il nous a parlé de rugby et de Guy. Surtout de Guy. Leurs chamailleries. Leur complicité inouïe. Leurs décrassages matinaux sous les pinèdes, les odeurs de sable et de fougères, les chevreuils qui détalaient comme Darrouy, les défis qu'ils se lançaient, la poésie qu'ils respiraient. La vilenie des dirigeants qui avaient osé dissocier le couple, sélectionner Guy sans André au motif qu'André défendait mal, ou parlait trop. « Ils voulaient nous emmerder, voilà la vraie raison. » Et aussi le sentiment qu'il avait eu, à la mort de son frère, d'être cerné par des rapaces travestis en reporters. Cent anecdotes que nous recevions bouche bée, comme autant d'hosties. Merci Dédé...

Avant de regagner Bordeaux nous fîmes halte dans le bar que tenait alors Benoît Dauga, non loin de la caserne et du stade. Benoît Dauga de Montgaillard, formé à Saint-Sever : large d'épaules, mince de hanches, haut perché sur des jambes interminables. Il happait le ballon entre ciel et terre, s'échappait de la meute, au trot apparemment, culbutait l'adversaire d'un raffut des plus secs. C'était le grand Benoît, il avait fait la loi aux antipodes. Pas méchant mais pas benoît non plus : qui le cherchait le trouvait.

Quel bonheur de regarder passer le temps au pays des Boni, devant Dauga qui remplissait nos verres avec ses paluches d'étrangleur en souriant... benoîtement. Nous le buvions des yeux, ça nous saoulait d'images en jaune et noir, les couleurs du Stade Montois.

La carte d'Ovalie est ainsi mouchetée de bars à rugby, éventuellement sièges du club local, tenus par un joueur d'active ou de réserve. Le verbe y commémore les faits d'armes, chaque dimanche de saison, aux alentours de 17 heures jusqu'à plus soif si l'équipe locale a gagné. À Toulon on allait chez Herrero sur la rade ou à « L'Ovale » de Jo Fabre, à Tarbes chez Cassagne, à Brive chez Domenech, à La Voulte chez Lira, à Saint-Junien chez Beloqui, à Biarritz aux « Colonnes », à Bayonne chez Dauger ou chez Larréguy, à Montferrand chez Vigier, à Dax chez Albaladejo qui n'avait pas encore pris l'antenne. Nul pèlerinage ne se concevait à Lourdes sans « faire un apéro » au « Winger » de Jean Prat ; nulle traversée de Béziers sans escale au « Mondial » de Danos, le pianiste qui n'aimait pas déménager.

À la fin des années soixante le romantisme ne courait pas les campus, où la vie était quotidienne. Aussi fus-je un étudiant à la Jules Cadenat, à la

Alphonse Allais, fréquentant des universités de plein air et de forme rectangulaire : les stades.

C'était une question de survie morale. Quatre années durant, j'ai trimbalé ma mélancolie le long des mains courantes. De la mélancolie au désarroi, il n'y a pas loin. Grâce au rugby j'ai caboté dans l'une sans chavirer dans l'autre. J'aurais baigné dans le bonheur si les calendriers avaient inscrit sept dimanches par semaine au lieu d'un.

Soit Bègles recevait à Musard, ou le SBUC à Sainte-Germaine, soit je prenais la tangente. Quatre ans de fac, des dizaines de virées dominicales, tantôt en solitaire, tantôt avec un copain.

En toute hypothèse les copains sont faciles à trouver quand on connaît les adresses des bars à rugby. Ils trônent au comptoir, sous le tableau où sont affichés les résultats, poule par poule, ainsi que la photo de l'équipe première. Des filles à rugby les environnent. Au troisième pastis l'hystérie partisane allume leurs prunelles, elles vous conchient l'arbitre avec des mots de charretier. Au quatrième elles défaillent sur l'épaule d'un talonneur découpé dans la masse ou d'un centre aux cheveux dans le vent. Les filles à rugby se partagent entre celles qui goûtent la rugosité des avants et celles qui succombent aux fantaisies des lignes arrière. Deux approches de la virilité, la toulonnaise et la montoise. Il y a aussi les vaniteuses, qui ne daignent coucher qu'avec l'international, à la rigueur le capitaine. Égéries des troisièmes mi-temps, douces au toucher mais très minoritaires. Le rugby est masculin, le pansexualisme de ses chansons tourne en vase clos dans la libido des joueurs, ce sont des légionnaires en campagne, des hommes privés de femmes. Qu'ils se rattrapent en permission est une autre affaire, sur laquelle mieux vaut ne pas s'appesantir, encore que les épouses de rugbymen soient sans illusions. Bref...

Le calendrier proposait, mon caprice disposait. J'ouvrais *Sud-Ouest Dimanche*, j'y apprenais que l'ASM jouait à Cognac. Je parle d'une ASM de grosse cylindrée, celle des Boisson, Pujol, Bourdillon, Monat, Combeuil et Cristina – un ophtalmo qui n'avait pas froid aux yeux. Pourquoi pas ?

Après Barbezieux, la route serpentait sur les croupes du vignoble éclaboussées de soleil. La lumière était blanche, le stade intime à souhait. L'US Cognac a connu la gloire (finaliste en 1954) avec René Biènes et Henri Domec en figures de proue. Une saison sur deux, le club se qualifiait encore pour les seizièmes et on gagnait rarement à Cognac. L'ASM en question y encaissa des points, et des gifles en surabondance. Gifles, calottes, pignes, pêches, poires, marrons, pipes, figues, pastèques, cacahuètes, pralines, bottes, ressemelages : les mots pour le dire ne manquent pas. Le rugby a son langage comme il a son histoire-géo, son éthique, son esthétique.

Mais le déclin de Cognac s'amorçait. Au début de mes études, un club fraîchement établi en nationale, Montchanin, y crut gagner. Il fallut de la chance aux rouge et blanc, qui avaient insinué dans leur pack un basketteur fort grand et fort maigre, sauteur passable mais d'une rare gaucherie dans le jeu. Si on se hasardait à lui passer un ballon, il le lâchait, ou s'empêtrait dans ses jambes de chèvre. Je l'ai vu, sur un renvoi aux vingt-deux mètres, tendre les bras, prendre le ballon... sur la tête et tomber raide.

Il me revient qu'un arbitre de touche assena à un ailier montchaninois un superbe coup de drapeau sur le crâne. Le malheureux s'affaissa. Rude destinée que celle d'ailier à Montchanin, où le ballon dépassait rarement l'ouvreur. Tout se passait devant, comme il sied en ovalie bourguignonne.

La mêlée était redoutable, avec deux gaillards qui ailleurs auraient pu prétendre aux honneurs internationaux, Dumusois et Genevois.

À Montchanin le stade ne possède qu'une tribune et les spectateurs ont l'accent d'Henri Vincenot. Ils aspirent moins à voir du rugby qu'à prendre une revanche sur les nantis, par mêlée interposée. Rugby pour les pauvres, au cœur du bassin minier, redevable à la passion d'un industriel basque, Soula. La raison aurait voulu que le club fusionnât avec celui du Creusot, ville voisine et de même culture rugbystique. La passion s'en mêla, on rompit les fiançailles, Montchanin déclina, Le Creusot a repris le flambeau. Il a du mal à le tenir, l'empire des Schneider étant révolu.

Cognac, pour sa part, « descendit » aux enfers de la deuxième division. Puis remonta. Puis redescendit ; on appelle ça « faire l'ascenseur ». *Sic transit gloria.* Un rugbyphile pratiquant évalue son âge en observant les aléas des clubs qu'il a vus puissants, qui sont misérables. Quand j'étais cadet, Chambéry soutenait la comparaison avec Grenoble, le TOEC avec le Stade Toulousain. J'ai vu Hendaye en nationale (années soixante), puis

Saint-Jean-de-Luz (années soixante-dix). Ces clubs sont tous « redescendus ». Comme Vichy après Pebeyre, Cahors après Roques, Vienne après Bouquet, Saint-Claude dans le Jura dont l'enneigement presque éternel perturbait le calendrier du championnat. Aux « enfers », Carmaux (champion de France en 1951) se morfond en compagnie de Montauban (champion de France en 1967) et de La Voulte (champion de France en 1970). Avignon, qui présentait une première ligne d'acier trempé (Adani, Burgel, Vitali), végète au niveau régional et les Ariégeois de Foix, de Lavelanet et de Saint-Girons, longtemps incommodes chez eux, conjuguent leur gloire au passé antérieur.

Bagnères-de-Bigorre, qui n'est pas une mégapole, accéda deux fois à la finale avec Aguirre, Bertranne, Gourdon, Cigagna et Derghali ; on aurait cru un remake du grand FC Lourdes, qui traîne présentement sa misère. Bagnères est « redescendu », Omar Derghali doit se sentir bien seul. Les années fastes du vieux LOU remontent à la Troisième République, celles du PUC à la Quatrième, celles de La Rochelle au début de la Cinquième, tandis que la banlieue toulousaine s'est tirée de l'anonymat avec Blagnac, puis Colomiers.

Seuls quelques patriciens ont échappé depuis trente ans aux longues décadences : Bayonne, Dax, Agen, Béziers, Toulon, Brive, Narbonne. Les autres périclitent tant soit peu, ressuscitent plus ou moins aisément.

Mais si les millésimes sont inégaux, les bons terroirs ne produisent jamais longtemps de la piquette. En semant un club sur les sols ingrats d'en deçà la Loire, on peut récolter une saison de nationale, comme il advint à Besançon, puis à Arras. Ça n'ira jamais bien loin. Certains ont le goût des cultures minoritaires, qui se font catholiques à Boston, footballeurs à Los Angeles, socialistes en Vendée. Je concède aux Flamands ou aux Lorrains le droit de jouer au rugby ; on s'y risque même en Allemagne. Je préfère voir valser des « gonfles » là où elles poussent toutes seules, autour des bastides ocre ou rose. Question d'harmonie.

Les princes fédéraux qui gouvernent notre passion depuis un immeuble de la cité d'Antin sont d'un autre avis. Ils veulent des clubs partout, pour la beauté de leurs statistiques. Absurde prosélytisme : en France le rugby a planté des pénates sudistes, respectons ce verdict de l'Histoire, ses raisons sont excellentes. À quoi bon initier de faux

« gonzes » qui prennent chaque été l'autoroute du Soleil en ignorant que Bouquet s'est illustré à Vienne, Cester à Valence, les Cambe à La Voulte, Pastor en Avignon ? À quoi bon puisqu'ils n'auront jamais l'accent ovale ? Jamais les gamins de Picardie ne rêveront sous les préaux de devenir le Celaya ou le Maso de leur ville ; jamais ils ne tisseront leur mythologie intime sur les légendes de l'abbé Pistre, les récits de Lalanne, les traditions colportées d'Oc en Oc par des anciens qui ont vu de leurs yeux Jauréguy feinter la passe. Ils ne savent du rugby que son écume télévisuelle : elle ne saurait tenir lieu de culture.

En revenant de Cognac, il arrivait que je transitasse par Angoulême, dont l'équipe tenait son rang, ayant recruté Claude Lacaze de Pontacq-en-Bigorre, ancien élève du grand séminaire de Jean Prat et qui, comme son frère « Papillon », bottait haut et loin. Lacaze tenait un bistrot du côté des halles. Plus tard il émigra sur la Côte d'Azur, le SC Angoulême rentra dans le rang. Cette ville latine avec modération, où le fantôme de Balzac trinque à l'occasion avec l'écrivain du temps présent Jean-Claude Pirotte, cette ville ombreuse est un avant-poste du royaume d'Ovalie. Comme Limoges, Vichy, Dijon, Bourg-en-Bresse, Saint-Claude. Au nord, les Barbares. D'où la nécessité de ne jamais baisser la garde. Et aussi la difficulté de retenir des soldats qui, fatalement, aspirent aux garnisons ensoleillées du Languedoc ou de la côte basque.

Il y a dix ans, les dirigeants du SC Angoulême ramassèrent dans le hall de la gare une manière de hippie qui partait aux Espagnes afin d'y bâtir ses châteaux de soleil. Il s'appelait Maurice Colclough. Il était roux, britannique, diplômé de philosophie, mesurait deux mètres et pesait dans les cent quinze kilos de viande bien rose. Il releva le club et forma avec Bill Beaumont la meilleure seconde ligne anglaise depuis le tandem Marques-Currie, avant le tandem Dooley-Ackford. Ce géant au sourire si doux – sauf sur le terrain – était plein de ressources. Il créa une affaire prospère de promenades en péniche sur la Charente. Mais il pleut souvent au pays de Charonne et Colclough aime le soleil, comme Lacaze. Un beau jour il s'en alla. On signale sa présence en Australie...

On signale au Cameroun celle de Jean-Claude Noble, ancien pilier de La Voulte et de l'équipe de France qui s'octroya en 1968 son premier grand chelem : quatre victoires dans le tournoi. Ce noctambule invétéré a même encaissé deux ans de prison en Afrique. Romantisme à la Cendrars, assez fréquent en Ovalie. Daniel Herrero a franchi l'Océan pour trouver ses marques, Pierre Chadebech cherche volontiers les siennes dans les îles et Philippe Guillard, le troubadour du Racing, s'évade avec des mots. Il finira au bout d'un monde, on ne sait pas lequel. Avant eux Max Rousié, le plus doué de tous nos rugbymen selon les historiens, avait expié le crime de son passage au jeu à XIII dans les sables d'Hassi-Messaoud, mettant à profit cet exil pour vaincre l'éthylisme qui le rapprochait de la folie.

Dans l'ensemble les rugbymen sont plus casaniers, mais non moins singuliers. Que de personnages farfelus, truculents, ingénieux, fantasques ou chimériques ! L'imagerie de la brute épaisse ne tient pas un seul apéro. Certes les avants de France et de Navarre ne sont pas des anges, et ne lisent pas forcément Kant dans le texte. J'en connais de frustes ; aucun n'est dépourvu d'intérêt. Les vertus acquises avant, pendant, après le combat, au long d'une carrière, les dotent pour le moins d'une sagesse à l'antique, sans les priver du sens du merveilleux. Et l'amateurisme, fût-il marron, interdit toute comparaison avec les mercenaires du foot en Europe, du basket aux États-Unis, du tennis partout dans le monde. Le champion de rugby le plus sollicité et le plus immature voit plus loin que le bout de ses crampons : il exerce un métier, il habite une ville, il sait que la vie sera longue après son dernier drop, après sa dernière charge.

Il le sait encore, mais l'argent qui commence à pleuvoir sournoisement menace de le décerveler. C'est une autre histoire, pas très belle : l'histoire des années quatre-vingt. À l'époque où j'étais étudiant, un auteur de rugby-fiction n'aurait pu l'imaginer, l'Ovalie n'intéressait pas encore les requins cousus d'or...

Assez souvent j'allais à Armandie. C'était le stade du SU Agen, club haï depuis que son président, Albert Ferrasse, était devenu celui de la Fédération. Personne n'aime la Fédé en Ovalie ; un poujadisme lui impute des combines inavouables : chaque club recèle pour le moins un international potentiel, interdit de Coq par le méfait du Prince.

Agen focalisait l'agressivité qui affleure vite aux

comptoirs. Club du château, disait-on, du SUA ; l'équivalent de l'UNR sous Pompidou, de l'UDF sous Giscard, du PS sous Mitterrand. À Armandie les arbitres servaient souvent le pouvoir, comme font les préfets dévoyés. À l'extérieur, aussi. Plus souvent qu'à leur tour, des Agenais se retrouvaient en tricolore, qui fussent restés sur le carreau de leur club s'ils avaient joué à Toulon, à Montferrand ou à Brive. Et maintes fois des joueurs mutants se retrouvèrent à l'arrêt devant un feu rouge présidentiel, alors que le vert s'allumait par magie s'ils prenaient la route d'Armandie. Pourquoi la carrière internationale du brillantissime Max Barrau fut-elle si courte ? Demandez à Ferrasse.

Et demandez à Élie Pebeyre ce qu'il pense du népotisme de « Bébert ». Il vous le décrira en Ceausescu tempéré par la gastronomie lourde et des mœurs clientalistes empruntées à la tradition gasconne.

En vérité Ferrasse avait un tempérament léonin, servi par un parler des plus savoureux. L'esprit du rugby l'habitait ; malheureusement, il était enclin à l'éteindre dès qu'il s'allumait ailleurs. Avant Ferrasse, le rugby français appartenait aux joueurs. Sous son règne il a fallu qu'ils se taisent ;

le roi Albert ne voulait que des courtisans, il n'aurait pas toléré qu'un Prat, qu'un Mias, qu'un Domenech, qu'un Boniface, qu'un Herrero ou qu'un Villepreux missent de l'humour ou de la rage contestataire dans les rouages de sa Fédé. Dès lors, un jacobinisme abusif prétendit juguler les turbulences d'une Occitanie qui pourtant s'est donnée au rugby pour cultiver ses différences. Les obligés de Ferrasse ont fait la loi, accaparé les médias ; ils ont « géré » une passion, au lieu de lui donner des ailes, avec des combines de politicards de chef-lieu de canton.

On ne s'en apercevait pas trop : l'arbre Ferrasse cachait la forêt des technos de la cité d'Antin. On ne voyait que du bleu (agenais) : Bébert était plus connu que les internationaux, alors que le rugbyphile britannique le plus invétéré ignore à juste titre les noms des dirigeants. Ferrasse a profité sciemment d'un vice national qu'il n'a pas inventé : la fascination du pouvoir. Toute médaille ayant son revers, il a aussi combattu l'immiscion de l'argent, avec des fortunes inégales.

J'ai admiré Ferrasse, je suis réservé sur son œuvre et je crains pour les temps à venir une éclosion de sous-Bébert aussi caporalistes que lui, mais moins gascons.

Évidemment, on rajoutait pas mal de mauvaise foi sur les micmacs de la suite présidentielle. Il existe une culture agenaise, elle s'est épanouie sous la houlette de Pierre Lacroix lors de la finale mémorable de 1962 contre Béziers, elle a dominé les années soixante, reflétant la belle euphorie du temps où les guitares sèches twistaient le rock. Depuis, quand les Agenais jouent à l'agenaise, on se régale. De Zani à Sella en passant par les frères Viviès, Viotto, Sitjar, Razat, Nieucel, Berbizier, Béguérie, Dubroca et Biémouret, quelle floraison de talents multiformes !

J'avais un faible pour Paul Biémouret, paysan gersois au visage tanné par le soleil jusqu'à hauteur de la casquette. Il débutait tard la saison, à cause des palombes, et mettait Dieu dans ses biceps en se signant à la sortie des tunnels.

Avant lui, j'avais admiré l'autorité en touche et dans le plain champ de Franco Zani, troisième ligne centre du grand Agen. Zani, ça sonne rital. Comme Erbani. Beaucoup d'immigrés italiens dans la vallée de la Garonne. Beaucoup dans le rugby français, et pas des moindres : Lanfranchi, l'inénarrable pilier grenoblois qui percutait, bottait, châtiait s'il y avait lieu et baratinait les arbitres ; les De Gregorio, les Alberto, les Spanghero, les Buonomo, Lira, et autres Lubrano. Maçons ou terrassiers dans les Alpes, agriculteurs en Aquitaine. Leurs parents ont fui la misère, ou Mussolini, ou les deux.

Beaucoup d'immigrés en général. Espagnols dans le Sud (de Diaz à Urios). Polonais dans les Alpes, ou en Bourgogne (Kusterlé, Savitzky, Kazorowsky, Smogor, Kacala). Un Bosniaque aujourd'hui dans le pack grenoblois, Mandic. Un Roumain à Pau (Dumitras), un autre à Auch (Ciorescu).

Et un Marocain de souche à Agen, international français en titre, musulman et fier de l'être : Abdelatif Benazzi. Le jeu le plus enraciné qui soit, le plus barrésien, le plus braudélien, présente des vertus d'intégration dont chaque club peut s'honorer. L'exemple vient d'en bas ; tant mieux. Il a atteint des sommets symboliques au pays de l'apartheid où l'équipe de France, il y a vingt ans, joua contre les Springboks avec un Noir à son aile, Roger Bourgarel.

Café au lait pour être précis : Bourgarel est guyanais par son père, toulousain par sa mère. Les Afrikaanders ne faisaient pas la nuance. Ni les habitants des ghettos parqués dans les virages des stades, qui levaient les bras au ciel quand la France marquait un essai.

Dans les popus de Mayol à Toulon, le beauf hostile aux « estrangers » bronzés des environs de la rue d'Alger oublie ses allergies pour acclamer Léon Loppy, troisième ligne de son état, noir de peau, sénégalais de souche, français de La Seyne (Var). Même miracle dominical à Biarritz (Sanoko), à Rodez (Djehi), à Brive (Filali). Le racisme ne laisse passer entre les perches que des haines pittoresques entre tribus d'Occitanie.

Par-dessus tout, j'aimais dégager vers les Landes. Mont-de-Marsan, Dax, Tyrosse, Soustons dans le passé, Saint-Sever puis Peyrehorade et Mimizan l'espace d'une saison : autant de clubs de nationale. Là-bas, sur le sable blanc, les poteaux de rugby poussent entre cèpes et fougères – et rien de plus poignant que le cri du vent à la cime des pins. Du vent où des âmes en souffrance de Guy Boniface, Jean Othats, Raymond Albaladejo, Milou Carrère, Jean-Michel Capendeguy. Morts pour le rugby sur ces routes trop droites. Comme Max Rousié, Beloqui et tant d'autres.

Orphelin de Guy, le Stade Montois jouait sur un pied, celui d'André, monté à l'ouverture. C'était encore Boni mais j'avais le cœur lourd en errant dans les rues, je cherchais Maxime Aigueparse. Je trouvais le reflet de ses fantaisies lorsque Nadal, Joncla ou Leglise relançaient de leur en-but.

Quand Mont-de-Marsan baisse d'un ton, Dax hausse le sien. Dourthe, Lux, Dutin, Lasserre, Bastiat : j'en ai vu de bien belles au pays de Bala. Près du stade se dressent des arènes, ainsi qu'un fronton de pelote. L'Ovalie est plus ovale qu'ailleurs là où les pelotaris bondissent, là où l'on esquive les cornes des vaches. Il m'arrivait de sauter par-dessus la barrière pour tenter d'attraper la cocarde. Similitude des émotions, et de la gestuelle. Jean-Pierre Lux redressant sa course, c'était un Cordobes en son genre. Lux ou Belascain un peu plus tard, un peu plus bas. Côté espagnol, flagrant dans le port de tête d'André Boniface.

Culte basque de la force : ces jeux de trait où Dospital excelle. La tradition basque des piliers impassibles sous l'orage en procède. Dospital, Ondarts, Azarete, Beloqui, Iraçabal, Amestoy, Urtizverea. Taureaux de combat à l'encolure noueuse.

Passé le pont sur l'Adour, je faisais selon la qualité de l'affiche mon choix entre deux cultures antagonistes : Bayonne et Biarritz, l'Aviron et le BO, Saint-Léon et Aguilera.

De Saint-Léon on voit les montagnes, et quand le ballon prend son envol, botté par un Alvarez de l'une ou l'autre génération, on croit qu'il va passer entre les flèches de la cathédrale, derrière les remparts. L'Aviron s'enracine doublement dans la Gascogne et le Pays basque, il a le rare privilège de posséder encore un joueur mythique, que Jean Prat enfant vénérait, dont les Boni se sont inspirés : Jean Dauger. Depuis, on parle du jeu à la bayonnaise, comme du poulet à la basquaise.

Quant au BO, c'est un club anglais sur les bords, habité par la nostalgie d'un chic que traduit la symphonie en vert, rouge et blanc d'Aguilera. Son terrain annexe est un ancien hippodrome aux tribunes de bois résolument 1920 ; j'y ai vu Serge Blanco tirer des buts devant un parterre de minettes BCBG qui ramenaient de Chiberta un peu d'océan dans les yeux. J'ai trinqué au club-house avec Ithuritz qui formait avec Celaya la seconde ligne du BO des années cinquante. J'ai pris des « verres de contact » (Blondin) aux « Colonnes » avec Francis Haget qui était croupier au casino, et en délicatesse avec ses dirigeants. J'en ai pris d'autres au club-house de l'Aviron, que lèche la Nive.

J'ai si souvent hanté ces parages, pendant la fac et ultérieurement, que ma mémoire confond les images et les décennies, dans une brume ensoleillée. Le « Club des clubs » de Dauger, c'était jadis. La « Tantine de Burgos » de Duplessy, c'est aujourd'hui. La boîte de nuit de Coco Perrin près de Saint-Jean-de-Luz, c'était hier.

Au Parc des Sports de Saint-Jean-de-Luz, précisément, entre Océan et Pyrénées, j'ai vécu l'incandescence d'un SJLO-Aviron. Ciel et blanc contre vert et rouge. Houleuses, les mêlées où Dochpi n'était pas à la noce, ayant pour vis-à-vis Antoine Urtizverea de Ciboure, un pilier courtaud, ventru comme un tonnelet, plus qu'à demi chauve et qui poussait de bas en haut. Il manquait d'élégance, soit, mais ses adversaires ont tous brouté de l'herbe. Il fallut l'autorité du grand Petrissans et des éclairs de Pardo pour que l'Aviron arraisonne les petits Luziens de Bilbao et d'Ugartemendia.

J'ai grimpé à Piquessary, sur l'autre rive de l'Adour. C'est le stade du Boucau. Le mot signifie : embouchure. Est-on encore dans les Landes, déjà chez les Basques ? On est au Boucau, lieu-dit connu pour ses forges (jadis) et son rugby (toujours).

On n'accède pas à Piquessary en voiture ; il faut escalader une colline. Au printemps il y a des fleurs, c'est une propriété plutôt qu'un stade, on s'attend à croiser des vaches et leur bouvier. Les tribunes sont de bois, le sol de terre brune. Terre ou sable : en tout cas, pas une motte d'herbe. Les avants les plus huppés y ont laissé leur « gnac » face à de noirs boucalais, tous formés au club. À la fin des années soixante-dix, il accéda aux seizièmes, avec des joueurs aux noms merveilleusement exotiques : Yanci à la barre, Gaye, Millox, Foncillas, Teilhagory, Damestoy... On croirait un poème de Jammes ou de Levey ; on imagine un trois-mâts sortant du Boucau, cinglant vers les Amériques où souvent les Basques vont chercher fortune.

Jean Condom, qui sort de l'antre boucalais, s'est arrêté à la Chambre d'amour. Pouyau, Belascain, Amestoy, Merlaud sont issus eux aussi du Boucau Stade. Malheureusement les talents y font long feu, malgré les forges : on fait crisser des billets, et ils détalent. Le Boucau est « descendu », comme Saint-Jean-de-Luz. Remontera-t-il ? C'est improbable. Du reste il ne joue plus à Piquessary mais à Tarnos, sur un stade « moderne » qui a de belles tribunes, mais désespère le rêve.

Même péché contre la mémoire à Agen, à Béziers, à Pau et à Narbonne : les portes d'Armandie, de Cassayet de Sauclières et de La Croix-du-Prince se sont refermées sur ma jeunesse. Il en va des stades à l'ancienne comme des bistrots de coin de rue et des librairies de quartier : ils disparaissent. Leur intimisme est entaché de désuétude aux yeux des modernes. Ai-je signalé mon aversion pour la modernité, mon affection pour les lieux pâtinés par les âges. Les lieux, les clubs, les rites...

MAI 68 À MAYOL

Mai 68. À chacun ses attentes. Tandis que mes copains manifestent dans les amphis, je me ronge les sangs parce que la finale Lourdes-Toulon se fait attendre. On la reporte d'une semaine l'autre, pour cause de grève générale. Les jambes des avants toulonnais ne vont-elles pas s'émousser ? Si Cohn-Bendit avait tant soit peu de culture, il décréterait la trêve des barricades, la finale se joue-rait. Après quoi il pourrait fomenter du désordre pendant tout l'été, ça m'était parfaitement égal.

Imaginez un étudiant de vingt ans, anar à sa façon qui n'est pas celle du gauchisme ambiant, insoucieux de ses examens et d'ailleurs on ne les passait pas. Le FC Lourdes des années Prat a ressuscité avec une génération d'attaquants à mains armées : Gachassin, Arnaudet, les frères Mir, Campaes, Halçarren, Fourcade. Lourdes en rouge et bleu et au zénith, c'est mon enfance qui me rejoint. Michel Crauste et sa moustache confirment l'illusion d'une réversibilité du temps.

Au même moment Elvis fait son retour sur scène. Il doit avoir le même âge que Crauste. Crooner alourdi, il commémore à Las Vegas les insolences du tendre voyou de Tupelo, Mississippi ; de même « le Mongol », sur le théâtre de verdure du Stade Antoine-Beguère, a repris ses rôles du Racing et du XV de France. Double flashback pour un étudiant qui baguenaude à côté de son temps, mélange le présent qui le rase et le passé qu'il enjolive, avec la complicité des livres de Lalanne et de quelques autres écrivains.

Le rugby accréditait les thèses des philosophes, illustrait les références des historiens, confirmait les univers des romanciers. Je vivais dans un précipité instable mais capiteux de choses vues sur les stades et de concepts mûris au soleil anisé des troisièmes mi-temps ; ça faisait dans ma tête une drôle de mêlée.

Face aux Lourdais, le RC Toulonnais. Qu'est-ce que Toulon ? Une rade bleue avec des cuirassés gris dessus, des amiraux galonnés autour, le

Faron pour fermer l'horizon et Mayol pour l'ouvrir aux convoitises du désir. Mayol, la seule arène du rugby français sise au cœur de la ville, à portée de drop de la rade, dans ce quartier de Besagne où la crasse a de l'âme à revendre sur le vieux marché.

Toulon (250 000 habitants) n'est pas une ville. C'est le décor d'un drame shakespearien écrit en rouge et noir par les Herrero. En Mai 68 on connaissait surtout André – son visage de corsaire, ses yeux clairs, sa mine sombre, sa haute bravoure, ses coups de gueule. Toute marine nationale bue, ou naufragée, on identifiait Toulon à ce seigneur des joutes d'avant : la rade n'existait que par le truchement de la brasserie qu'il y avait fondée, qu'il tient encore (spécialités de poissons). Du moins à mes yeux d'aficionado.

Mais rien n'est simple autour de Mayol. André Herrero, grand amiral de Toulon, avait sous sa gouverne Aldo Gruarin, pilier international, et Christian Carrère... capitaine en titre de l'équipe de France. Carrère : visage de play-boy, l'intelligence en plus ; l'élégance faite flanker. Il jouait comme on respire et ne balançait jamais un marron, chose rare dans un pack toulonnais où l'on rend au centuple, comme il est recommandé dans les Évangiles. Carrère venait d'offrir à la France son premier grand chelem : décidément l'année de grâce 1968 n'était pas banale.

Herrero... Carrère... Entre les deux, mon cœur balançait. Je me doutais que l'autorité de l'un offusquait celle de l'autre, et réciproquement. Deux caïmans dans le même marigot, deux coqs dans le même poulailler de Mayol. Si j'avais été femme, je crois que j'aurais pris l'un comme époux, l'autre comme amant. Ou inversement. Version toulonnaise de la distinction nietzschéenne : Christian Apollon et André Dionysos. Comme les Boni, la tendresse en moins.

J'espérais que l'âpreté de l'un, la félinité de l'autre trouveraient une synthèse. Allez Toulon ! Gauchistes de tout poil, faites vos soviets à la Sorbonne, mais laissez-les jouer !

La grève générale perdura. Par trois fois la finale fut ajournée. Quand partout le printemps bourgeonne, un dimanche sans rugby n'est pas supportable.

Aussi ai-je enfourché mon vieux Solex, et pris la route. Direction : Toulon. Au pire, me suis-je dit, je verrai Herrero à son comptoir, le talonneur Jo Fabre au sien, Carrère et les autres joueurs à l'entraînement. En outre j'avais une Toulonnaise dans le cœur.

Il faisait chaud et les routes sont belles au pays du rugby. À chaque bourgade une image s'impose, suggérée par les noms de lieux. Dans les Landes le moindre clocher a baptisé un héros de Dax ou du Stade Montois. J'avais été studieux à ma façon, je n'ignorais pas que Saint-Laurent-de-Gosse est le berceau de Crauste, Montgaillard celui de Dauga, Saint-Jean-de-Marsacq celui de Rupert, Pouillon celui des frères Camberabero et de Bastiat.

À Saint-Sever où le stade est dans la plaine, au bord de l'Adour, je croyais voir une gonfle bottée par Brethes passer entre les perches avant de s'envoler dans un ciel à palombes. J'étais trop jeune pour avoir vu jouer Brethes mais je vivais hors les frontières de la chronologie, dans une éternité ovale comme l'univers selon les astronomes de l'époque. J'ai rôdé autour de l'hôpital de Saint-Sever, le cœur en charpie, en pensant très fort à Guy Boniface.

Je musardais, je cherchais les stades. J'en connaissais déjà beaucoup entre Bordeaux et

Béziers. Ils étaient vides, forcément. Je les animais, je les coloriais, je mettais du vert sur les épaules de Saux, du blanc sous la moustache de Christian Paul, du rouge et du blanc sur le torse de Bianco. Le Droff sonnait la charge, le public auscitain exultait et la statue de d'Artagnan, au bas des marches, avait des impatiences dans le fourreau. Je n'avais pas les moyens de m'offrir un « graillou » chez Daguin, ancien deuxième ligne, et je ne connaissais pas la philo de Michel Serres, ancien troisième ligne, mais je savais d'instinct que le rugby, l'armagnac, le foie gras, et la prose de Montluc, c'est la même culture. D'ailleurs l'illustre Darroze, restaurateur à Villeneuve-de-Marsan, avait un fils arrière au Stade Montois, et qui disputa une finale (perdue) contre le Racing. L'arbitre s'appelait... Albert Ferrasse.

À L'Isle-Jourdain j'imaginais Élie Cester enfant. C'est facile : il était déjà grand au TOEC, il a épaissi à Valence, mais son visage est resté rose et poupin.

À Beaumont-de-Lomagne j'habillais Bergamasco, Piccolo et les frères Barrau de blanc, tout réjoui qu'un si petit village pût défier les clubs les plus renommés. Car Beaumont, d'où vient Jean-Pierre Rives, était en nationale, comme Tyrosse.

Chaque fin de saison accueillait parmi l'élite une improbable localité à consonance occitane, qu'il fallait chercher longtemps sur les cartes. Lombez, Mauléon, Prades, Salles, Peyrehorade. Au bout d'un an ou deux, ces Cendrillon regagnent l'anonymat de la seconde division, avec des finances en capilotade. N'importe : leurs stades aux tribunes basses et de guingois auront connu le miracle d'un débarquement d'Agen, de Narbonne ou du Stade Toulousain.

Ainsi ai-je pérégriné en Ovalie profonde, sur un Solex qui prenait des routes de traverse, jusqu'à Toulon où l'on parlait davantage du RCT que de la CGT. J'aurais pu, à Marseille, croiser un autre irrégulier, également monté sur Solex : Daniel Herrero cherchait un bateau pour prendre le large.

Daniel Herrero, deuxième du nom, imberbe à l'époque, et très ingambe. Il avait joué toute la saison et on le privait de finale, Dieu sait pourquoi. Dieu, ou André ? Mystère toulonnais. La fugue de Daniel fut plus longue que la mienne, et plus lointaine aussi. Pas facile de se tailler un prénom dans le marbre Herrero quand on arrive après André.

L'aîné des Herrero passait pour communisant. A-t-il manifesté sous des drapeaux rouge et noir, les couleurs du RCT ? Je l'ignore, n'ayant guère quitté les bars de la rade que pour grimper dans les tribunes de Mayol ouvertes aux supporters lors des entraînements. Je me souviens que Daniel Hache, alors tout gamin et coiffé comme les Rolling Stones, arrivait au stade à Solex, et que Carrère, au jeu « à toucher », était brillant.

Pour se faire les crocs, les Toulonnais convièrent Narbonne à disputer un match amical. Merveilleux dimanche. Des trompettes sonnaient chaque charge, il y avait des Spanghero plein le pack orange et noir, je criais « Allez Toulon ! » de concert avec les indigènes. Somme toute le mois de mai 1968 m'aura offert un beau voyage et des émotions de choix.

Finalement la Chambre fut dissoute par de Gaulle, les voitures se remirent à rouler et la finale eut enfin lieu à Toulouse avec un épilogue décevant : 9-9, Lourdes décrétée championne au bénéfice des essais.

LE RÈGNE BITERROIS

Mai 68 n'a pas altéré les exigences culturelles. Avant comme après, j'ai déserté les amphis, couru la prétentaine et dévoré des livres entre deux séquences de rugby.

Quand Bègles jouait à Musard, je m'y rendais à pied. Bègles est une banlieue triste, longtemps communiste d'obédience franchement stalinienne et cependant le CA Béglais était aux mains des frères Moga, grands amis de Chaban, lequel a porté le maillot aux damiers après que des étoiles eurent scintillé sur ses épaules. Il jouait à l'aile et passait pour prendre les couleurs avec beaucoup d'opportunité. Il a continué, dans d'autres arènes...

On accède à Musard par un dédale de ruelles où poussent des « échoppes » grises et basses, spécialité bordelaise au même titre que l'anglomanie, les pibales d'estuaire et les crépinettes avec les huîtres. C'est un stade dont les habitués sont des connaisseurs, et qui n'a pas échappé, depuis, aux atteintes de rebâtisseurs.

La chance m'a souri. Dans la seconde moitié des années soixante, le CA Béglais connut une renaissance, attestée par l'accession à deux finales, en 1967 (perdue contre Montauban), en 1969 (gagnée contre le Stade Toulousain).

Drôle d'équipe ! Le cinq de devant ne payait pas de mine, des troisièmes lignes du genre lévrier récupéraient des ballons de second ordre, dans le sillage d'un Dubois tout à fait remarquable. Gesta-Lavit relançait, Trillo faisait les différences et Crampagne à l'arrière tenait la caisse enregistreuse.

La morale de ce Bègles-là, c'était qu'on peut gagner sans dominer. Morale judéo-chrétienne de non-possédants, sympathique en diable. Morale voultaine à l'époque. En 1970 La Voulte fut championne de France. J'ai assisté à la demi-finale contre Agen au Stade-Vélodrome de Bordeaux. Les Voultains submergés étaient promis à la déroute. Agen dominait, la mêlée blanche reculait, Plantefol confisquait les ballons en touche, Biémouret et Sitjar enfonçaient le fer dans les plaies défensives.

Mais les frères Camberabero, avec des munitions de rapine, contestaient l'évidence et il suffit à Guy de trois incursions dans les cinquante mètres agenais pour crucifier une équipe favorissime. Du coup le système nerveux du placide Biémouret s'enraya, il châtia du pied un pilier voultain, Cance me semble-t-il, coupable de mêlée écrasée, sous l'œil de l'arbitre qui le congédia. J'étais malheureux pour « Biém », mais j'appréciais qu'une paire de David fichue comme l'as de pique pût mettre à genoux quinze Goliath avec deux frondes, la passe de Lilian, la botte de Guy.

Lilian et Guy : deux petites hirondelles venues du pays aturin faire le printemps de La Voulte, six mille habitants, usine Pechiney. Sans eux, qui connaîtrait ce bled adossé aux monts de l'Ardèche ? En civil, ils ressemblaient à des rentiers ; Pinay aurait pu leur prêter son chapeau mou ; comme lui ils avaient le maintien modeste, l'œil discrètement malicieux. Sur l'herbe ils faisaient pitié : épaules escamotées, mollets chétifs, microscopiques derrière les Noble et les Savitsky d'un pack sans prétention. Cependant, ces demis de poche ont rendu idiots d'impuissance les flankers les plus flingueurs. La longue passe de Lilian arrivait pile dans les mains de Guy, qui arrosait les angles morts ou les poteaux. Pas moyen de le plier.

Ni de le déstabiliser. Évidemment leur rugby n'était pas « champagne », ils attaquaient trois fois par an. Mais, chaque fois, c'était la gagne. Lilian dont on escomptait la passe faisait l'anguille derrière sa mêlée, Guy dont on prévoyait le coup de botte effaçait le troisième ligne de service pour une valise de cinquante mètres. Lorsqu'on lui demandait pourquoi il jouait tant au pied, il répondait humblement : « Si on ne veut plus que je passe des drops, il faut enlever les poteaux. »

On ne les a pas enlevés, on a juste augmenté le prix de l'essai. Si les Cambé avaient joué à Mont-de-Marsan ou à Bayonne, auraient-ils ouvert ? Dans la vallée du Rhône, on ferme les vannes et on joue devant : question de terroir. Et chez les Cambé on naît avec de l'or au bout du soulier : question de génétique. Didier, fils de Guy, passe force drops à Béziers, et déplace au pied plus souvent qu'il ne traverse la ligne d'avantage. Son frère Gilles est revenu à La Voulte. Lui, il fait des passes, comme son oncle Lilian. Dans vingt ans, si Pechiney le peut, une paire de Cambé servira à La Voulte un autre titre, à l'équipe de France un autre grand chelem.

Dominer n'est pas gagner : cette morale béglaise et voultaine ne dure qu'un printemps. Au long des années soixante-dix, l'AS Béziers démontra qu'on gagne presque toujours quand on domine physiquement, territorialement, etc.

Il m'a été donné, à Musard, d'apercevoir l'aube du règne biterrois. C'était un dimanche de championnat. Les guerriers du pack de Danos avaient raccroché, les avants nouveaux étaient inconnus. Parmi eux, un géant à barbiche qui happait toutes les balles en touche en levant simplement les bras, formait un maul à lui tout seul et perforait une défense comme une épée s'enfonce dans du gruyère. Il s'appelait Alain Estève. Je me souviens d'un bruit sourd, audible des quatre coins du stade : Estève avait séché Swierczinsky, alias Tarzan, le talonneur béglais. Tarzan gisait sur l'herbe, les bras en croix (on dit « Faire Jésus ! », ou bien « Anesthésie générale »). Je me suis dit que ce Dracula de Catalogne allait faire parler de lui, et de Béziers.

En vérité le long et monotone rayonnement du pack biterrois eût été sans lui impossible. Certes, il y avait le savoir-faire de Martin, l'altruisme de Senal, la vision d'Astre, le pied de Cabrol et les jambes zigzaguantes de Cantoni. Certes la grande

ASB a accouché de grands avants, depuis Hortoland, jusqu'au pauvre Lacans : Buonomo, Saisset, les frères Vaquerin, Paco, Lubrano, Palmié. Tant que vivra le rugby à la française, il en viendra sur la garrigue, les Gallard et autres Gourragne en témoignent.

Reste que toute ville fortifiée a besoin d'un donjon, tout port de mer d'un phare, toute chorale d'un ténor. Estève était un joueur monstrueux, au sens précis du terme, avec un physique à l'avenant. On l'a vu barbu, puis glabre, puis atteint de calvitie. On l'a dénigré parce qu'il avait du plomb dans le poing et décrochait éventuellement des mâchoires avec. Il n'avait pas le verbe facile ; peut-être souffrait-il en son for d'être aussi grand, aussi puissant, aussi loin de toute mesure. Si j'avais été producteur de cinéma, je l'eusse recruté : en comparaison le physique de Schwarzenegger est celui d'un minet de Saint-Tropez. Après Roques et avec Rossignol peut-être, Estève aura offert une réminiscence d'un rugby de gueux qui nous vient de la soule médiévale. On l'imagine au temps de la Peste noire, arpentant les monts et les vaux de la Narbonnaise, la vessie de porc dans une main, l'autre éreintant une meute de manants accrochés à ses basques.

Les historiens retiendront que les années du giscardisme ont coïncidé avec la prépondérance biterroise. Années techno, années moroses : la France des cadres moyens supplante celle du peuple gaullien. On se veut rationnel, on abandonne la poésie aux babas du Larzac. Fini le temps radieux des Boni et du premier Johnny, celui du Palais des Sports. Fini le temps des funambules et des dilettantes. Les énarques sont partout ; Ferrasse a dû en recruter à la Fédé.

Autour d'Estève, Béziers jouait à la giscardienne : occupation du terrain programmée à partir des conquêtes. Rugby précautionneux, plus prussien que latin, qui n'envoyait pas souvent le ballon faire la java sur les ailes.

Béziers jouait avec son pack, lentement, laborieusement, sûrement. Il serait injuste de le lui reprocher. On attribuait sa maîtrise à l'ingéniosité de l'entraîneur Raoul Barrière, que les gazettes appelaient « le sorcier ». C'était le début du magistère des pédagogues ; un langage venu des CREPS, aggravé de cuistreries psy, commençait de s'appesantir sur le rugby ! La gonfle devenait un « mobile », le terrain un « espace » qu'il s'agissait d'« investir » sans négliger toutes sortes de « paramètres ». Déjà on tendait moins le micro aux joueurs qu'aux « techniciens » qui jargonnaient comme à Censier. La tendance s'est aggravée.

Sans mésestimer du tout Barrière, qui fut un solide pilier de mêlée, je crois que Béziers s'imposait parce que ses joueurs étaient excellents et complémentaires. Plantez un Estève au milieu du pré, entourez-le d'un Martin et de quelques Vaquerin de dessous les fagots, mettez un Astre pour faire danser ces gros nounours en mesure – et vous aurez un champion de France, ou peu s'en faudra. Avec ou sans « sorcier ».

Toute chose ayant une fin, l'ASB connut un crépuscule, Barrière s'en alla exercer sa sorcellerie à Millau dont le club avait des ambitions. Il fit chou blanc. Ne pas en déduire qu'il fut un mauvais entraîneur. Ni qu'un entraîneur ne sert à rien. Mais nuançons, de grâce : ce sont d'abord les bons joueurs qui font les bonnes équipes, et les grands qui bâtissent les mythes. La remarque vaut aussi pour l'équipe de France. On n'a pas signalé de sorciers dans l'entourage de Lucien Mias, en 1958, à Johannesburg et la technicité d'Alfred Roques laissait sûrement à désirer. Depuis que les profs de gym ont mis le rugby en équation, nos internationaux se prennent souvent les pieds dans le pathos des théories et ils perdent la boule.

Sans doute un entraîneur avisé peut-il imposer sa griffe. Le style Lienard à Grenoble ne ressemblait guère à celui de Villepreux à Toulouse. Reste à départager l'impact d'une tradition, le mérite du concepteur et le matériau dont il dispose. Villepreux aurait-il converti à son jeu tous azimuts les Biterrois de Barrière ? Nous avons passé une soirée à gloser sur ce thème, lui et moi, sans tomber tout à fait d'accord. Sa (saine) philosophie vaut pour Brive, elle ne ferait pas forcément recette à Toulon. Pierrot, qui a œuvré à Tahiti, m'accordera que les frangipaniers ne poussent pas en Écosse ; de même le rugby à la Boni, ou à la Villepreux, semble difficilement exportable à Graulhet ou à Romans.

Il m'accordera que la primauté revient au talent des joueurs, au rayonnement d'un meneur et à ce que Mias appelait la « qualité hormonale ». Mystérieuse qualité, irréductible à quelque critère que ce soit, sur laquelle achopperont toujours les docteurs, les censeurs, les manipulateurs des lois rugbystiques.

Mystérieuse inégalité des joueurs – la seule respectable car elle ne doit rien au fric, au milieu, au diplôme. Et presque rien à la biologie. Les meilleurs ne sont pas les plus hauts de taille, les plus lourds sur la bascule, les plus véloces sur cent mètres ou ceux qui soulèvent le plus de fonte. Sinon le sprinter Piquemal ou le lutteur Robin, qui ont tâté de l'ovale, auraient dominé leur sujet, et on trouverait des haltérophiles dans toutes les mêlées, des basketteurs dans tous les alignements.

On a essayé ; ça n'a rien donné. Parce que la valeur d'un rugbyman n'est pas quantifiable ; et son génie, quand il en a, ne se laisse ni prévoir ni autopsier. Comment « programmer » l'ego d'un Danos, d'un Bouquet, d'un Blanco, l'intuition d'un soliste capable de déjouer la logique d'un match ? L'injustice de la grâce fait jurisprudence contre la méritocratie. Un drop miraculeux de Danos, tiré de l'angle le plus aigu, a offert à Béziers, en 1961, le Bouclier de Brennus aux dépens de Dax qui ne le méritait pas moins.

Comble de chance : le bar où étudiant j'avais mes habitudes, près de la barrière de Toulouse, s'enorgueillissait de la pratique des Béglais. Très joyeux drilles, ces Béglais ! Surtout Yves Appriou et Jean-Pierre Pedemay. Ils sont devenus entraîneurs. Incitent-ils leurs ouailles à l'esprit de sérieux ? J'espère qu'avec l'âge ils n'ont pas trop perdu le sens de la rigolade. J'ai fait jouer Pedemay dans mon équipe, en championnat universitaire, sous fausse licence. On l'appelait « Zaza ».

Il entraîne l'antique SBUC, l'un des clubs français les plus titrés, celui qui a fait descendre le rugby de Paris dans le Sud-Ouest. Grâces lui en soient rendues. Il a retrouvé depuis peu un standing convenable ; c'est encore une malice de l'Histoire. En 1968, il agonisait.

Sainte-Germaine, son stade, se trouve quelque part en lisière de la route du Médoc. Au début du siècle plusieurs finales du championnat s'y sont disputées. On l'a modernisé depuis. Il était vétuste et il y pleuvait tout le temps. Quelques centaines de fidèles s'égrenaient le long de la main courante, sous la pluie, parmi lesquels des bourgeois en culotte de golf, veste de tweed, casquette à la Déon. Rien à voir avec les bérets de Musard.

C'était triste. Le SBUC faisait penser à ces hobereaux déplumés qui se meurent en solitaire dans leur château, tous leurs meubles vendus par les huissiers. J'ai vu dans ce stade, au couchant de leur carrière, Jean de Gregorio reconverti en pilier, Jean Beloqui en seconde ligne et Abadie de Graulhet avec son serre-tête de cuir bouilli. Trois guerriers s'il en fut, Abadie au sens plein du terme puisque ancien officier de la Légion. Mais également licencié en droit : une tête un peu brûlée ne rend pas forcément un son creux. De Gregorio était assez patibulaire, avec un menton aussi proéminent que ceux de Marquesuzaa et de Pipiou Dupuy. Le SBUC perdait de peu mais s'enfonçait, inexorablement. Un blond et fougueux troisième ligne, Jean-Pierre Burin, secouait en vain les cocotiers.

Le SBUC « descendit » pour longtemps, on n'entendit plus parler de ce Burin. Dommage. Dans une grande équipe, il eût étincelé. D'autres avants valeureux ont pâti de ramer dans des packs sans envergure : Pons à Dijon, Dusang à Vichy, Raymond à Saint-Claude, Ayral à Tulle, Lansaman à Hagetmau...

Printemps 1971. La finale Toulon-Béziers se jouera à Bordeaux et on m'a refilé un vague diplôme. C'est ma dernière saison universitaire. Bègles a perdu de sa superbe, le SBUC a sombré.

Le versant septentrional du rugby français accuse un certain déclin au profit des régions méditerranéennes. Autant m'en aller après la finale.

Toulon-Béziers. Le faux couple Herrero-Carrère, pas encore divorcé, et la bande à Martin autour de son mastodonte Estève. Daniel Herrero est revenu au pays avec du plomb indien dans la tête. Pour Toulon en général, pour Daniel en particulier, cette finale a un goût de revanche.

Toulon-Béziers : deux packs de toc et d'estoc. Tempête dans les crânes provençaux et languedociens. On devine qu'en cas de défaite il y aura du rififi à Besagne.

Le match fut tendu, c'est le moins qu'on puisse dire, avec un coup de pied anonyme qui fractura quelques côtes d'André Herrero. Un autre serait sorti. Herrero est resté. Chapeau. Le présumé coupable serait Estève. Serait : on ne prête qu'aux riches mais Estève a toujours nié la voie de fait. Ce coup de pompe, on en parlera encore dans un siècle autour de Mayol. On m'a cité un autre nom, que je tairai, la délation n'ayant pas cours dans le milieu.

Toulon a dominé, perdu bêtement après prolongations – et s'est sabordée après le match, comme sa flotte en 1941. On apprit en effet qu'André Herrero quittait son club et sa ville pour aller implanter le rugby... à Nice. Onze finalistes l'y suivirent ; autant dire l'essentiel de l'équipe fanion. Bien évidemment Daniel fut de l'équipée.

Restaient en rade Carrère, Gruarin, des juniors et des réservistes. Carrère feinta le départ, s'empara du capitanat et conduisit dès la saison suivante un XV de Marie-Louise jusqu'aux demi-finales, contre les mêmes Biterrois : entre autres qualités, il avait le don du commandement.

André Herrero ne l'avait pas moins. À Nice où les murs sont crémeux, les retraités nombreux, les palmiers soporifiques et le football omniprésent, ce caïd a installé dans l'élite un club sans racines profondes. Le RRC Nice a même disputé en 1983 une finale contre Béziers, avec Jean-Charles Orso, les frères Buchet et Bernard Herrero, le benjamin de la tribu.

André Herrero est revenu à Toulon depuis, en qualité d'entraîneur. Orso l'a suivi ainsi que Bernard et Jean-François Tordo. Lequel est reparti à Nice, où Pujolle l'a rejoint. Daniel a succédé à son aîné Ballotore qui fut de l'aventure niçoise à Daniel. Cette saga de la Riviera est compliquée. Happy end pour le RC Toulon : deux finales perdues contre le Stade Toulousain (1985, 1989), deux gagnées contre le Racing (1987) et le BO (1991), cette dernière avec un président qui s'appelle... André Herrero. Toujours lui. Les trois autres reviennent de droit à Daniel et ses fans vous diront que les vainqueurs de Biarritz ont été couvés sous sa barbe, histoire d'asticoter André. On lui prête à présent des ambitions fédérales. Pourquoi pas ? Un Herrero de Toulon est capable de tout...

En traversant l'histoire moderne du rugby, on fait de la sociologie sans s'en apercevoir. La victoire de l'AS Béziers en 1971, sa domination de dix années reflètent une époque au double visage : une socio-culture venue de Mai 68 qui privilégiait l'anonymat, une technostructure qui récusait l'improvisation et la gratuité. Époque marquée, en outre, par l'agonie des campagnes. Notre rugby est devenu plus citadin, plus réfléchi, plus encadré.

Moins libre. Chacun voit midi à sa montre. La mienne aurait préféré interrompre sa course : la « machine » biterroise réglée comme un ordinateur annonçait tous les amoralismes des années quatre-vingt : la mort des économiquement faibles, l'arbitraire médiatique autour de quelques stars, la réduction de la culture rugbystique à des enjeux politico-financiers, négligeables dans des villes de moins de cent mille habitants.

Et puis, avouons-le : on admirait la maîtrise des Biterrois sans avoir pour eux les yeux de Chimène. L'Ovalie a bâillé en assistant à une interminable partie de cache-ballon en bleu et rouge. Avec les mêmes couleurs, Jean Prat peignait des fresques autrement chatoyantes.

II

EN PASSANT PAR LA CORRÈZE

À bac + 4 les gens raisonnables préméditent une carrière. Les déraisonnables cherchent un biais qui leur permettra de rester étudiant *ad vitam* tout en donnant le change.

Dans mon cas il fallait un passe-temps rétribué qui me rapprocherait de l'acte d'écrire sans m'éloigner des terroirs à rugby. Le passage du Solex à la Deu-deuche avait trahi une velléité légère d'embourgeoisement ; je n'ai pas souhaité grimper plus haut sur l'échelle sociale, étant sujet au vertige.

Que faire ? En soi le métier de président de la République m'eût amusé. Mais on est souvent pris le dimanche, et il faut vivre à l'Élysée. Pas question d'habiter Paris, où le rugby est en exil, la fiesta inodore et le béton du Parc des Princes réfrigérant.

Longtemps les finales ont été disputées à Narbonne, à Toulouse, à Bordeaux. Depuis une vingtaine d'années la Fédé inflige aux impétrants l'abordage du XVIe arrondissement ; désormais le Bouclier se conquiert et se remet au Parc, non sans solennités peut-être inutiles, sinon déplacées. Après quoi le champion revient sur ses terres pour y recevoir l'hommage de son peuple en de folles agapes.

L'âme du Parc est footballeuse, son esprit cartésien. Peu d'émotions dans les tribunes, les officielles étant accaparées par de petits marquis cravatés surgis des cabinets ministériels comme des rats d'un égout. Car, pour les finales ou les rencontres du Tournoi des Cinq Nations, les clubs méritants d'Occitanie ont moins de billets que les godelureaux des palais officiels, ou les obligés des sponsors. C'est fâcheux.

Peu de bonheur et peu de swing dans ce parc à béotiens. Comme je regrette le vieux Colombes de mon enfance, où la ferveur allait de soi ! Dès Saint-Lazare, on entendait les chansons basques, et le train de banlieue fleurait bon le chorizo. Colombes délaissé, où le pauvre Racing se produit en championnat devant 653 spectateurs payants, en gros la parentèle des joueurs, et leurs petites amies – s'ils ne se sont pas égarés du côté de La Garenne.

Longtemps, le Racing joua à Jean-Bouin, c'était intime, c'était rugby. À l'autre bout de Paris, le mauve des pucistes poétisait le bel enclos de Charlety. On a entrepris sa « modernisation ». Encore. Je crains que l'âme farfelue des Haget, Fifi Allaire et autres Stener ne s'y sente recluse.

Le PUC, le Racing : citadelles de croisés en terre impie. Paris n'aura jamais l'ovale à la boutonnière. Les initiés qui bivouaquent chez Jacques Egurreguy, le patron basque de « Vagenende », chez le Saint-Gaudinois Jean Castel, chez Momo au « Purdey », au « Bedford », au « Stado » ou à l'« Eden Park » consomment à titre provisoire un sentiment de marginalité. Les aléas de la vie m'astreignant à des pénitences sur la rive gauche, il m'arrive de hanter ces lieux. Bernadette, la patronne de « L'Auberge basque », est de Biarritz, cela s'entend de loin. À peine le coude levé, l'horizon étriqué de la rue de Verneuil s'élargit, les toits se penchent, Aguilera se profile à l'angle de la rue de Lille et la Seine proche se fait océane.

Ces subterfuges de l'imagination vous épuisent à la longue. La nuit a beau vous faire chanter en oc chez Coco Perrin, l'aube vous ramène au carrefour Mabillon où les angles des immeubles sont carrés, pas ovales. La dernière fois que j'y pris un bain de bière, c'était avec deux Racingmen, Philippe Guillard et Xavier Blond. Racingmen, Parisiens, mais célébrants d'un culte dont la liturgie vient d'ailleurs. Le grand Xave peut traverser Paris à pied, de la Concorde à la Nation, sans être reconnu par quiconque ; alors que, s'il vadrouillait à Béziers, il serrerait cent paluches avant d'avoir parcouru les allées Paul-Riquet. L'Ovalie inverse la logique balzacienne ; c'est en province que les Rastignac échafaudent une réussite.

Il faut remonter loin dans le temps pour exhumer les racines parisiennes du rugby : le SCUF, le Stade Français, l'Olympique où jouait l'illustre psychiatre Charcot, les dandys de Bagatelle et du Parc de Saint-Cloud... Le Racing, qui revendique de droit cette tradition, n'a presque pas de disciples. S'il reçoit Montferrand, les Auvergnats de Paris désertent leurs troquets et se retrouvent à Colombes pour encourager l'ASM en partageant la fourme. Si c'est le Stado, une Bigorre de l'exil se forme à Saint-Lazare et chante ses Pyrénées perdues.

En 1959 le Racing fut champion de France,

ayant battu le Stade Montois à Bordeaux. Moncla et ses équipiers ramenèrent le Bouclier à Paris par le train de nuit : un supporter les attendait à Austerlitz. Un seul. Du reste, c'était un Racing à forte teneur occitane, avec des Crauste, des Marquensuzaa, des Labernède qui ne parlaient pas pointu.

Le Racing contemporain est francilien, mais il continue de jouer chaque dimanche à l'extérieur. Les joueurs n'en ont cure. Mieux : ils s'offrent le luxe de retourner des opinions publiques a priori rétives. Les extravagances en pantalon blanc, nœud papillon rose, peinture noire et béret basque des farfelus du showbiz – Mesnel, Blanc, Guillard, Lafont, Rousset – ont égayé opportunément le ciel des années quatre-vingt. Il en avait besoin.

Cependant la vie parisienne n'est pas showbiz tous les jours, et d'ailleurs ces nœuds et ces bérets, peu appréciés en leur temps par les dirigeants du Racing, n'ont plus cours sur le marché de la fantaisie. Paris n'aura été rugby que le temps d'une aimable mode. Tout est mode à Paris, et les modes passent ; Stendhal le déplorait déjà.

Or, j'avais besoin de vivre le rugby là où il est indémodable. Voilà pourquoi j'ai choisi le métier de journaliste de campagne à *La Dépêche du Midi*. Pour adopter un club, épouser ses querelles, suivre l'équipe en déplacement, la chérir quand elle gagne, la maudire quand elle perd.

Encore faut-il que ce club appartienne à l'élite ! En Corrèze et autour, il n'y en a jamais moins de deux. Parodions Vialatte : les quartiers de rugby du Massif central sont attestés depuis la plus haute Antiquité. Rugby de granit à Tulle et Aurillac, de basalte à Montferrand ; rugby de grandes largeurs à Brive déjà ouverte sur l'Aquitaine.

Rugby sans trêve. *L'Équipe* le lundi matin. Puis *Midi-Olympique*, l'incontournable hebdomadaire jaune qui vient de Toulouse et appartient à la famille Baylet, autant dire au fond rad-soc du Languedoc. Bible pour les uns, *Pravda* pour les autres. Nayrou, Rey, Verdier, Delsaud lancent la polémique, elle rebondira dans les bars jusqu'au dimanche prochain.

Exégèses du match au siège du club – mais aussi à l'atelier, au bureau, dans les échoppes et sous les préaux : le patriotisme local est en jeu ; une saison tronquée peut déstabiliser une municipalité ; une qualification hasardeuse peut sauver un siège de député. Après contestations : ce centre indûment sélectionné en équipe fanion est une « chèvre », une « pompe », *et cætera*. Ce pilier droit « se sauve » dans les regroupements. Pis : il « monte au ciel » à chaque mêlée. Cet arrière a un coup de pied d'« alouette ».

Entraînements sous les projecteurs, devant une brochette de mordus. Les avants sont au joug, l'entraîneur aboie, la mêlée avance en dégageant de la buée. On entend les ahanements. Une mêlée au joug, c'est beau comme un attelage de bœufs sur une toile de Millet. Les piliers bien arqués, leur front de bison, leurs arcades proéminentes, le chou-fleur de leurs oreilles, pièce d'identité de l'avant dans tous les pays où l'on se fait plaisir à huit en se faisant très mal.

La séance de percussion entre deux pneus : toute la violence d'un être, toute la violence du monde condensée en une fraction de seconde. La haine absurde et sublime vouée à cette paire de pneus verticaux, figure symbolique de l'ennemi à venir. Ennemi est le mot juste. Toutes les allégories guerrières sont recevables. À Graulhet, on n'est jamais loin de Verdun et Mont-de-Marsan rime toujours avec Marignan. Allégories tauromachiques aussi – un essai en forme d'estocade – ou invoquant le geste prolétaire du siècle dernier : aller au charbon, aller à la mine.

On répète les combinaisons de la touche, les renvois aux vingt-deux, aux cinquante, les pénalités à la main. On enroule et on déroule, on écarte, le ballon virevolte de main en main. On recentre, on crée un point de fixation. L'entraîneur hurle « Posez ». On écarte à nouveau, c'est un ballet sur l'herbe grasse, une cérémonie rituelle.

Car enfin cette passe plongée ou vrillée du demi de mêlée, cette offrande sur un pas de l'ouvreur ou du centre, cette accélération de l'arrière intercalé, ce crochet ou ce recentrage au pied de l'ailier, on a vu ça des millions de fois. Le fait est que le *désir* de ces gestes ne s'émousse jamais. Comme s'ils renvoyaient, au plus intime de notre être, à je ne sais quelle catégorie platonicienne. Ou à ce fond de religiosité que les messes ne savaient plus flatter. On sait qu'en France le rugby a éclos dans un Midi en voie de déchristianisation, ayant acquitté au Havre ses droits de douane, convertissant au passage Pierre Mac Orlan. On lui prête des accointances avec la laïcité, l'anti-cléricalisme, peut-être la franc-maçonnerie. Des historiens ont avancé que les prêtres en soutane ne pouvant décemment s'envoyer en l'air, les patronages laïques interceptèrent l'ovale des collèges de Marlborough et de Warwick pour transformer un jeu d'aristos en une manière de catharisme républicain.

Parallèlement, le Midi, qui a mal digéré la croisade de Simon de Montfort et rêva d'autonomie jusqu'à Richelieu, entretient avec son rugby un sursis de rébellion antiparisienne dont le Racing fait les frais. La création des principaux clubs d'Occitanie est contemporaine de la révolte des vignerons de Marcellin Albert et des thèses régionalistes de Napoléon Peyrat. Il y a de la dissidence dans l'air chaud des stades du comté de Toulouse, et du sacré barbare dans les rites. S'y entremêlent les forces profanes du sang et de la mort, les appels chrétiens à la rémission du péché par la souffrance. Combien de saisons de purgatoire gagne un joueur abattu qui « fait Jésus », sur le frais gazon, le visage taché de rouge ?

Chaque club est singulier. Il possède ses lieux saints, ses références historiques, ses inimitiés préférées, sa galerie d'ancêtres, ses querelles de famille, ses dirigeants qui passent, ses humbles commis au poinçonnage des billets ou au convoyage des cadets, qui restent.

Chaque club a ses mascottes : le coupeur de citrons de la mi-temps, le préposé au micro dominical, le gardien du stade, le balanceur de vannes des tribunes populaires.

Chaque club a son style – et cependant la vie de tous les clubs est ressemblante. Mêmes tracas financiers : la ponction féodale de la Fédé sur les maigres recettes, la modestie de la subvention municipale, l'industriel local qui « bave » sur l'équipe mais les lâche avec un élastique. Semblables tracas pour le recrutement : ce Narbonnais pressenti en douce, après un match de Du Manoir, veut un « plaçou » de fonctionnaire et une boutique pour sa fiancée. Ou bien il exige un paquet en liquide et en préalable à la signature. Toujours le liquide : officiellement, un joueur ne peut encaisser de l'argent au rugby. D'où une atmosphère de semi-clandestinité, un peu sicilienne, en tout cas latine : trous noirs dans les bilans, enveloppes occultes, rumeurs qui enflent les scores des transferts à mesure des tournées d'apéros.

Les susceptibilités à ménager : tel joueur aurait sa place, mais fréquente les entraînements à dose homéopathique. Doit-on l'évincer ? Tel autre s'impatiente en nationale B, et tel junior, suborné par un club voisin, menace de décamper si on le cantonne dans les levers de rideau. Qui accompagnera les Crabos dimanche à Albi, qui arbitrera les minots de l'école de rugby ? Qui osera « remonter les pendules » de l'international coupable de se ménager en championnat parce qu'il songe à Murrayfield ou à Lansdowne Road ? Et quel dirigeant mettre à la droite de l'arbitre, lors du repas d'avant match ?

J'ai vécu ça d'un peu près à Tulle, je l'observe d'un peu plus loin à Brive. J'aurais découvert n'importe où ailleurs les mêmes affres, les mêmes joies, les mêmes découragements.

Le Sporting Club Tulliste est un motif paysan et ouvrier sur la trame du rugby français. Rugby de village, et de facture artisanale. Rugby de tranchées : au cours des années cinquante et soixante, nul ne gagnait à Tulle, dont le stade bucolique, entouré de sapins, offrit longtemps aux crampons une boue des plus noires. Quand le sol était gelé, on l'arrosait d'essence ; ça produisait une gadoue où s'engluaient les ailes des trois-quarts.

D'où une tradition de fantassins – des avants

gros comme les Monédières qui confisquaient le ballon, progressaient avec lenteur, labouraient quelques reins au passage et servaient au moment opportun un demi de fermeture qui tapait en touche, ou tentait un drop. Les centres et les ailiers étaient là pour défendre. Pardon : pour cartonner. Maurice Lalanne a servi durant sa longue carrière plus de « caramels » à ses adversaires directs que de ballons à ses ailiers ; André Boniface ne me démentira pas : Tulle, pour lui, c'était l'horreur.

Tout se jouait aux avant-postes. La mémoire du club revendique des packs humiliés plutôt que des envolées fastueuses. Bravoure et altruisme, voilà sa devise. Autour d'une calvitie précoce, celle de Marcel Merckx, homme de sagesse et pilier indéracinable, une pléthore de lascars bâtis à chaux et à sable, qu'il valait mieux ne pas agacer sous leurs sapins, sur leur bourbier. Des troisièmes lignes qui vous pliaient un ouvreur en portefeuille – Baccou, Mergnac, Cayla, Dugrava, Jacky Montagnac, terreur à l'époque – et une boule de nerfs noiraude et courtaude, dans laquelle bouillait du sang géorgien : Michel Yachvili. Celui-là savait tout faire : plaquer, percer, botter, passer et au besoin canarder !

Des secondes lignes énormes, avec des profils abdominaux qui trahissaient une diététique à la corrézienne : Miélevaque qui est presque de mon village ; Orluc, géant à la barbe fleurie, adroit comme un singe, matois comme un renard, qui eût été international s'il avait consenti le sacrifice de quelques « tourtous » sur l'autel des entraînements, où sa présence était intermittente. L'historiographie landaise n'a pas oublié le drop qui assassina sur son propre terrain le Stade Montois, champion de France en titre. International, Daniel l'est devenu, dans sa sphère professionnelle : ce Porthos du plateau de Millevaches a la verve de d'Artagnan, l'astuce d'Aramis et la placidité d'Athos.

Le Tricolore, c'était Jean-Claude Berejnoï, un beau poulet élevé au grain de charbon du côté de Decazeville. En tête de mêlée, Berejnoï, Merckx, Marsaud ne bougeaient pas une oreille, et frottaient celles du vis-à-vis. Piliers de devoir, genre Manterola ou Brejassou, à sortir même par temps d'orage, avec un pain de dynamite comme talonneur, Jean-Claude Astarie, enfant triste qui n'a pas voulu vieillir, qui s'est fait cascadeur après le rugby, puis recordman du monde d'immersion sous-marine. Et qui est mort enfant, sur la Côte, près du bateau sur lequel il rêvait de faire le tour du monde. On l'appelait « Le Tac » et je l'aimais beaucoup. Ses duels avec Henri Madelrieux du CA Brive ont accédé à la légende corrézienne. Madelrieux, originaire de Bort, immense espoir à son poste, pour qui le destin n'a pas été clément. Au paradis des talonneurs, saint Pierre doit s'amuser à compter les ballons pris par « Le Tac » sur introduction adverse à De Gregorio et à Menthillici, car le « trapèze » était toléré en ce temps-là.

Avant ces preux il y en eut d'autres, dont les vieux habitués du Stade Alexandre-Cueille parlent encore. Peu à peu, le temps les effacera des mémoires. La mienne ne connaît la génération de la guerre, marquée par Fleygnac, Labro, Talamona et le futur député-maire Montalat, que par la tradition orale. Elle ressuscite encore le Romans des frères Soro, le Mont-de-Marsan de Pascalin, le Montferrand de Thiers, le Bayonne de Dauger, le Cahors d'Yves Noé, le Stade Toulousain de Bergougnan, champion de France l'année de ma naissance. En deçà, ma science est livresque.

Par trois fois Tulle atteignit les quarts de finale. Score moyen chez les grands. Lorsque au plus fort du règne biterrois je revins en Corrèze, le club battait de l'aile depuis moult saisons. Pourtant l'aile gauche était tenue par l'irréprochable Cornil. Histoire ordinaire : peu d'argent, peu de « plaçous », population stagnante. Déjà les gros sous faisaient les grosses écuries, en débauchant les meilleurs juniors. Vérité éternelle ? Soit. Vérité de plus en plus vraie, à cause de l'inflation des dessous-de-table, de plus en plus vertigineuse.

Tulle avait ramé contre le courant avec un seul galérien d'envergure, un troisième ligne aussi racé que Michael Jones, convoité par tous les clubs, fidèle au sien, un baroudeur des trois mi-temps, picaresque et romantique : Jacky Ayral. Soudain flamba dans les regroupements la rousse crinière d'un plaqueur à tout vent, Jean-Pierre Fauvel. Les deux lascars se complétaient comme Crauste et Moncla, Rives et Skrela, Blond et Cabannes.

Puis vinrent deux anciens combattants du pack briviste qui n'avaient jamais reculé devant un Herrero, un Cholley, un Imbernon ou un Estève, deux stratèges déguisés en buffles : Roger Fite et Jean-Claude Rossignol. Le premier avait fait ses classes à Cahors avec Roques et Mommégat. Excellente école. L'autre s'était aguerri à Saint-Junien où la pusillanimité n'a pas droit de cité.

Refilez Ayral, Fauvel, Fite et Rossignol à un entraîneur, même diplômé, il vous ébauchera une équipe dans la masse. Roger Bastié n'a pas beaucoup d'agrégations dans son bagage mais il est chaleureux et plein de bon sens. Et comme la chance sourit aux chanceux, il se trouva que les joueurs de cette génération étaient favorisés par la nature.

Alors, pendant quelques saisons, Tulle a connu cette aubaine : une cité en osmose avec son club, dans une ambiance villageoise qui rappelait à Rossignol le Saint-Junien, à Fite le Cahors de leur prime jeunesse.

Sur son terrain, le Sporting régnait en maître, comme au temps de Merckx. La verve de Rossignol inclinait les arbitres à l'indulgence, les adversaires à l'humilité, les supporters à l'euphorie. Rossi : une tronche de bûcheron, des poings comme des enclumes, une encolure d'aurochs, une sensibilité de jouvencelle et des saillies langagières dignes de Rabelais. Un de ces personnages que seul le rugby sait engendrer : des allures de Barbe-Bleue, des fleurs plein les yeux. Il faisait tellement peur, Rossi, qu'un froncement de sourcils valait menace de mort violente, et l'adversaire se tenait coi.

L'ESSAI DU PÈRE NOËL

Un dimanche, juste avant la Noël, Tulle s'en alla jouer à Dax en championnat. On ne gagne pas souvent à Dax. On ne gagne pas souvent à l'extérieur, surtout face aux grands clubs. Vaincre « à la maison », garder le sanctuaire inviolé : question de dignité élémentaire. Au foot les meilleurs s'imposent ; la traduction d'une supériorité est quasi mathématique. Au rugby l'esprit de clocher plane sur les débats ; l'orage qui gronde dans les tribunes transcende les autochtones, pétrifie l'adversaire – et l'arbitre le plus courageux songe à sa sortie. Fut un temps où les modestes Fuxéens, quand ils jouaient à l'ombre de leur château, étaient imprenables, parce que du terrain on sentait le souffle du public. Et Saint-Junien aurait fait aussi long feu en nationale, même avec Beloqui, si une centaine de mètres ne séparaient le terrain du vestiaire. Cent mètres, c'est long pour un arbitre, quand une meute de supporters vomit sa hargne dans ses oreilles. J'ai pu le vérifier un dimanche de printemps où le SBUC jouait la remontée contre le Stade Clermontois, et échoua d'un coup de sifflet. Un suiveur bordelais allongea l'arbitre d'un uppercut digne de Cassius Clay.

Le pouvoir de l'arbitre est considérable, parce que les règles du rugby sont byzantines, leur interprétation toujours sujette à exégèses paradoxales. Un coup franc vaut trois points : or chaque mêlée, chaque touche, chaque regroupement sont entachés de fautes que l'arbitre siffle ou ne siffle pas.

On ne gagne pas souvent à Dax, place forte d'Ovalie, jamais titrée mais jamais loin du Bouclier. C'est une ville thermale où l'on prend l'eau, et souvent elle rougit comme le sang, comme les maillots de l'US Dax : les avants dacquois ne sont pas séraphiques, même si Bastiat et Roumat ont su garder un visage d'enfant.

On ne gagne pas souvent à Dax mais un club ambitieux ne voyage jamais en touriste. Question de prestige. Tulle venait pour vaincre, rien de moins. Nous étions peut-être vingt Corréziens dans la ville étrangère, descendus de nos collines avec autant d'espoir que d'appréhension, fiers des nôtres, sachant toutefois que les chances étaient minces.

Étranges sensations d'encerclement du supporter à l'extérieur. Le matin on se croise dans les rues ennemies, on salue gravement des gens qu'on connaît à peine de vue, que d'habitude on ignore. On les réconforte comme s'ils relevaient d'un deuil. L'indigène vous toise avec une sorte de pitié.

On va serrer la main de « nos » joueurs qui s'échauffent sur une annexe. On les trouve pâlichons. Puis on tâche de se rassembler dans les tribunes. Vingt Tullistes, quatre mille Dacquois : c'est toujours le compte à l'extérieur. On applaudit les Bleus à leur sortie du tunnel, on subit l'ovation des Rouges. Des salves d'injures fusent dans le dos, qu'on fait semblant de ne pas entendre. On espère un miracle, on commence à y croire. On doute de cette foi : nous sommes à Dax, haut lieu s'il en est. Les esprits s'égarent, les âges s'imbriquent. Le serre-tête à l'ancienne du grand Pendanx crée la confusion ; ces avants qui nous chahutent, sont-ce Berilhe, Cassiède, Berho et consorts ? Non, Berho a raccroché depuis des lustres, d'ailleurs il est dans les tribunes. Cette chandelle sous nos poteaux, serait-ce une vilenie d'Abaladejo ?

Non, Bala tient le micro, c'est Lescarboura qui arrose avec ses bottes de sept lieues.

Un ailier concis et barbu récupère la gonfle dans l'en-but. Le Tulliste Patrick Mermet s'évade le long de la touche, feinte, crochète, tape à suivre, récupère dans un champ landais miné par la stupéfaction. Audace surnaturelle : un Père Noël vêtu de bleu et de blanc avait emporté dans sa hotte un essai de cent et quelques mètres. Mermet en reverra le film sur son lit de mort !

Tulle l'emporta à Dax, pour la première fois dans l'histoire du club. Il faut être du pays pour comprendre. Dax humiliée, Dax outragée, offerte à l'assiégeant, tous bras ouverts. Dax soumise, tolérant que la horde ennemie chante dans ses rues, klaxonne dans ses oreilles, pince la taille de ses filles. Des Mousquetaires en bordée après qu'ils ont trucidé quelques gardes du Cardinal. Les vainqueurs d'une soule gorgés d'hydromel. La loi de l'ancêtre du rugby était simple : il fallait porter l'objet du désir sur le parvis de l'église adverse, ça donnait le droit d'embrasser l'épousée de l'année. Embrasser ou étreindre, allez vérifier ! Le village vaincu endurait le sac de sa fierté, c'était la loi.

Nous n'avons exterminé les Dacquois et violé

les Dacquoises que verbalement, les mœurs ayant changé depuis le Moyen Âge. Demeure cette griserie de l'occupant, cette volupté du prédateur, ce machisme non dénué de compassion. Car la honte des Dacquois aujourd'hui, nous l'avons bue hier, nous la boirons demain. Être patriote, écrivait Montherlant, c'est porter une croix. Tôt ou tard, le sanctuaire est violé. La Vierge Rouge de Toulouse, dont l'appellation remonte à l'an 1908, en hommage à une saison d'invincibilité, a vu s'insinuer depuis pas mal de reîtres sous sa couette des Ponts-Jumeaux. Même le corps de Sauclières, longtemps réputé intouchable, a été soumis par des visiteurs du dimanche.

DERBY

Printemps 1980. Quand les arbres reverdissent, l'Ovalie s'enfièvre comme une amoureuse. Après le long hiver des phases qualificatives, où les poules ont couvé les clubs, la saison va se jouer sur un match, en terrain neutre. Tous les clubs sont sur le pont, les trois divisions nationales, les séries « inférieures », c'est-à-dire régionales, les équipes réserves, juniors, cadets.

Les joueurs sont physiquement affûtés, ils pèsent leurs poids de forme et freinent sur l'apéro. Les équipes ont atteint leur optimum technique et tactique.

Voici donc les seizièmes, avec leurs cortèges de voitures décorées qui sillonnent les routes d'oc en klaxonnant dans les bourgs. Ces vert et noir qui pique-niquent à Castelnaudary, ce sont des supporters montalbanais, dont l'équipe rencontrera tout à l'heure Pézenas à Carcassonne. Ces jaune et bleu qui plastronnent dans les bistrots de Périgueux, ce sont des bougnats : l'ASM est « tombée » sur la Section Paloise, le match aura lieu à Bergerac où transitent à la même heure des Marmandais dont l'équipe affrontera Aurillac à Sarlat.

Il y a du soleil sur l'asphalte, des fleurs dans les fossés, du désir dans l'air et des pâtés de grives dans le coffre. Les filles sont court et clair vêtues.

Partout des drapeaux, des trompettes, des casquettes et des écharpes aux couleurs du club. Des cohortes cheminent dans les faubourgs qui enserrent les stades, reconnaissables de loin à leurs projecteurs. Les virages et les popus se remplissent d'abord. On casse-croûte sur les gradins ; les gosses déploient des banderoles, agitent des étendards, fraternisent avec ceux de la ville adverse sur le vert tendre du terrain. Des fanfares clament le printemps d'Ovalie, avec une jovialité où perce de la tension, car l'heure est grave, tantôt un club aura fait son deuil de toute espérance, ses supporters rentreront au pays sans boire ni fanfaronner. Les autres ressortiront la voiture, les drapeaux, l'épouse, les terrines et les loupiots dimanche prochain, pour les huitièmes.

Ce printemps-là Tulle avait retrouvé son standing des années soixante. Puissante devant, alerte derrière, invaincue à domicile, l'équipe avait passé au Vélodrome de Bordeaux le cap des seizièmes en battant... Dax. Non sans mal : les Landais de Vinsonneau avaient encore sur l'estomac la dinde de Noël farcie par Mermet. Ils ont mis leur honneur à ne pas céder le moindre centimètre carré sans l'avoir défendu avec leurs pieds, avec leurs poings. D'où quelques scènes de boxe anglaise, répréhensible en théorie mais les fruits défendus sont toujours les meilleurs, surtout les marrons.

En huitièmes, Tulle écopa de Lourdes. La querelle se vida sur un stade d'Albi trop petit pour la circonstance. C'était le Lourdes de Garuet, de Terrain, de Marchal, de Lafforgue, de Caussade et de... Berbizier. Moins fort que ceux de Prat ou de Crauste ; mais Lourdes tout de même – et à valeur égale on redoute toujours davantage un club dont les ancêtres inspirent aux joueurs le sens de leur rang.

Lourdes fit naufrage devant. Tulle marqua quinze points comme à l'entraînement puis connut une léthargie que Lourdes mit à profit pour enquiller. Essai de Casteran sur relance de Berbizier : 15-6. Pénalité du même « Berbize » : 15-9.

Un vent de panique souffla sur les Bleus, mais ils étaient trop forts pour perdre. Rossignol chanta « En avant » dans l'oreille de l'arbitre, que Marchal houspilla parce qu'il voulait accorder à Danovaro un essai hors jeu de trente mètres. Des supporters lourdais envahirent le terrain, des pignes voltigèrent. Christophe Terrain quitta le terrain, du sang partout sur le visage. Caussade écarta tous ses ballons. Trop tard : les miracles sont rares, même à Lourdes ! Tulle était en quarts sans qu'il y eût à redire. Juste revanche du printemps 62 où les Lourdais avaient escroqué un quart de finale aux Tullistes.

À ce stade des éliminatoires, il est permis de voir en rêve un Bouclier tanguer sur la Corrèze ; on n'est plus qu'à deux matches du Parc.

Au retour, les supporters tullistes branchés sur leur radio apprirent une nouvelle sidérante : en quarts de finale Tulle affronterait... Brive.

Tulle-Brive : le derby corrézien. Aussi sulfureux qu'un Narbonne-Béziers, un Romans-Valence, un Tarbes-Pau, un Bayonne-Biarritz, un Grenoble-Chambéry ou un Vichy-ASM d'autrefois. La personnalité d'une ville, donc d'un club, se définit toujours plus ou moins par contraste avec la voisine et chacun sait, depuis les Horaces et les Curiaces, que les haines de proximité sont toujours les plus vives.

En l'occurrence l'antagonisme entre Tulle et Brive remonte aux Romains et emprunte ses armes à la géographie. Vingt-sept kilomètres séparent les deux localités, la même rivière les baigne mais une faille géologique les sépare : le pays briviste est dans le grès, le pays tulliste dans le granit. Brive déjà latine, féminine et urbaine, ouverte à la modernité par les trains et les routes qui viennent des quatre points cardinaux. Tulle enclose dans ses vallées, noire, ouvrière, rurale et adepte des chuchotements en vase clos. C'est à Tulle, pas à Brive, que Clouzot a trouvé l'héroïne de son *Corbeau*.

Brive-la-Frimeuse, Tulle-la-Rugueuse : demi-sœurs de la Corrèze, mais pas du même lit, et qui depuis la nuit des temps se toisent et se défient. Si soule il y eut, on a dû s'étriper d'importance dans les forêts de Cornil ou de Saint-Hilaire-Peyroux, sous l'œil goguenard des moines d'Aubazine.

Brive-la-Gaillarde, Tulle-la-Paillarde : les historiens recensent des derbys farouches entre le Sporting et le Club Athlétique Briviste. Farouches, voire sanglants. Les deux derniers remontent à quelques semaines : un caprice du hasard avait logé Tulle et Brive dans la même poule. Tulle avait gagné à la maison, réussi le nul à Brive et le sang n'avait pas coulé.

Dans l'une et l'autre cité, la culture est foncièrement rugbystique. Le passé du CAB est plus glorieux, parce que toujours le club fut plus argenté, plus structuré que le SCT. De Princlary le Toulonnais à Pebeyre qui venait de Fumel en passant par le Toulousain Yves Noé, l'Agenais Cararignac ou le Tarbais Arcadis, les stars de l'avant ou de l'après-guerre ont fait volontiers escale ou carrière sous la casaque noir et blanc.

Pour les gens de mon âge, Brive est un marché célébré par Georges Brassens sur lequel, en 1956, un certain Amédée Domenech installa ses tréteaux.

Amédée... Ce pilier d'anthologie, plein de rouerie et de faconde, a posé ses valises sur la Guierle où se tient aujourd'hui une foire du livre réputée pour ses à-côtés gastronomiques. Il arrivait de Vichy avec un gros coq sur le torse et une légende ambiguë. Demandez à Jacky Bouquet, à Kopa, à Ujlaki, de vous raconter les farces et attrapes d'Amédée au Bataillon de Joinville. Si l'on remonte dans le temps, on repère sa présence à la tête du pack de Bort-les-Orgues à l'époque où l'industrie du cuir était prospère et la Haute-Dordogne scandée de barrages. À peine sorti du berceau, il était le plus costaud, le plus adroit, le plus véloce et le plus bavard des avants de Narbonne.

Amédée Domenech : un turbo dans chaque jarret, un buste de catcheur, un cou de taurillon, une moustache coquine et des yeux pétillants, qui disent et contredisent. Avec lui, la psychologie de Danos était prise à contrepied : ce déménageur savait jouer du piano, et même accorder les violons d'une équipe. Il a ramassé le CAB en seconde division, lui a donné du standing et de l'âme.

Parallèlement, il a formé, après le règne de Lucien Mias qui le trouvait trop « perso », la plus belle première ligne de l'Histoire de France. Roques, De Gregorio, Domenech. Un Obélix, un poilu des tranchées et ce bougre d'Amédée qui poussait quand ça lui chantait, filait comme une truite entre les gros cailloux des packs, feintait comme un Boni, crochetait comme un Bouquet, remplaçait à la diable un ailier à Twickenham et racontait aux journalistes des histoires à mourir de rire, dans un argot à la Simonin, mis en musique par Jean-Pierre Chabrol. Match à Toulouse.

Amédée allonge le talonneur adverse. Civière. Il se penche vers sa victime : « Tu liras la deuxième mi-temps dans *La Dépêche.* » Match de sélection. Il joue avec Toto Leniaud, un Ussellois de l'ASM, qui menace de le supplanter en équipe de France. Amédée prend le trou, Leniaud arrive à sa hauteur. Il lui adresse une passe pourrie, afin que son concurrent fasse un en-avant, et se dévalue devant les sélectionneurs. Traduction dans le langage Domenech : « Je lui lâche une torpille dans les chevilles ; s'il la prend, il rentre directement chez Médrano. » Des galéjades d'Amédée, j'en ai ramassé des centaines, il suffit de brancher ceux qui ont joué avec ou contre lui. Je les préfère quand il me les raconte, il y a le son en plus.

Aujourd'hui, Amédée est un notable en tout genre. Il a fait de la restauration, de l'immobilier et du cinéma avant de se lancer dans la politique. Il préside le parti radical de la Corrèze, tendance Chirac, et se plaît à titiller le maire de Brive comme jadis il frictionnait Du Toit le Springbok.

Brive lui doit sa personnalité rugbystique : panache et esprit de dissidence, reflets de ses équivoques géographiques. C'est un ancien président du CAB, Élie Pebeyre, qui seul en Ovalie contesta l'autorité de Ferrasse. Il fallait oser. C'est à Brive qu'on vit pousser, sur le tronc d'un pack de fort tonnage, les rameaux d'attaquants à ciel ouvert. Amédée prit sa retraite en 1963 mais le *la* était donné : trois finales en dix ans, une contestation à la montoise de la mainmise biterroise. Des avants superbes, venus d'ailleurs car Brive est carrefour autant que terroir. Rossignol (souche périgourdine, culture haut-limousine), Lewin (Ussel), Fite (Quercy), Yachvili et Magnac (Tulle), Joinel (Sarlat), Merlaud (Le Boucau), Pasquier (Saint-Junien). Seuls Dalès, Freyssinet et Genois sont issus du bassin briviste. Il a produit davantage de galopeurs : les frères Besson, Roques, Puydebois, Coq, Auboiroux, Gourdy qui est devenu président et un arrière de gala, une merveille d'arrière, le plus doué des pur-sang de Pompadour : Pierre Villepreux. Avec Pujet à la mêlée, le beau Rocky à l'ouverture et une paire de frangins du genre lutins, les petits Marot de Bergerac, la cavalerie noir et blanc n'avait rien à envier à celle des Boni. Le rugby briviste était gai, il ressuscitait le jeu à la bayonnaise, à la landaise, à la montoise – avec une insolence qui lui appartenait en propre.

Tulle a vécu modestement la même décennie, chutant dans le groupe B qui est une seconde division sans le dire, remontant avec trois transfuges du CAB, Fite, Rossignol et l'arrière Bergeal, tulliste d'origine.

Imaginez l'imbroglio fratricide. Nous sommes au printemps 1980, Tulle et Brive vont s'affronter à Montferrand, tout près de Gergovie. L'entraîneur de Brive Bastié a tenu deux ans auparavant les rênes de Tulle. Blache le Tulliste a passé la frontière et joue à Brive. Ayral, le perce-muraille des Bleus, a passé sa jeunesse à Brive et a failli signer au CAB. Le Tulliste Treuil est d'Objat, près de Brive, son frère a joué pilier au CAB. L'arrière briviste Riom, lui, a joué à Tulle.

Tulle-Brive : le derby dont on cause. *L'Équipe* et *Midi-Olympique* font des manchettes. Les journalistes des quotidiens et des hebdomadaires parisiens prennent le Capitole à Austerlitz pour tâcher de comprendre sur le terrain pourquoi la Corrèze est en folie. Ils remontent à Paris avec des clichés gros comme les hanches de Rossi : Brive friquée, Tulle fauchée. Brive et ses parvenus en coupé BMW, Tulle et ses ploucs. De quoi exaspérer les uns et les autres !

Les boutiques tullistes se sont mises en bleu et

blanc. La nuit tombée, des bandes tullistes descendent à Brive. Pour fomenter quel mauvais coup ? Des Brivistes allument un feu devant la maison du gardien du stade, Jean-Pierre Fauvel. Croient-ils le déstabiliser ? Rossignol, qui habite Brive, reçoit des coups de fil anonymes. Fais ta prière, Rossi...

Pour se rendre à Montferrand, les supporters brivistes devront passer... par Tulle. Ensuite, la route sera commune, c'est la RN 89 qui traverse la Corrèze de part en part. On dit : « le pays vert », mais il est plutôt rouge dans les cervelles.

Le samedi, la fièvre est à son comble. Le moindre incident mettrait le feu aux poudres. Le car de l'équipe briviste traversa forcément Tulle avant de grimper vers l'Auvergne. Des jeunes le guettent dans le quartier de la gare, avec le propos de jeter des pierres dessus. Le car passe, rideaux baissés. On se souvient qu'en 1965 Brive avait joué une finale à Lyon contre Agen, vainqueur de Tulle en quarts. Au retour, maints supporters brivistes, obligés de retraverser Tulle, avaient dû jouer... au cric : des clous par milliers étaient semés sur la route, à leur intention. *Love story* à la sauce corrézienne...

J'étais avec les joueurs de Tulle, le samedi après-midi, au siège du club où ils avaient rendez-vous. Jamais je ne vis masques aussi hâves ; seul Jacky Ayral trouvait la force d'ébaucher un sourire jaune. Ils sont montés dans leur car comme en 1939 les mobilisés prenaient les trains à la gare de l'Est.

Dimanche matin. Il pleut sur la RN 89 où s'étire un cortège de voitures décorées en bleu et blanc, en noir et blanc. Toute la Corrèze est sur la route, à l'exception des invalides et des bébés de quinze jours. Personne n'ose klaxonner.

Il pleut sur Égletons qui pavoise en bleu parce que le centre de Tulle, Pierre Rossignol, est du pays, comme l'ancien pilier international de l'ASM Jacques Rougerie, lequel a joué à Tulle.

Il pleut sur Ussel qui pavoise en noir et blanc parce que le centre de Brive, Pierre Chadebech, le gentil « Chat », le baladin aux yeux rieurs, attaquant de grande race et glandeur de haute volée – l'adorable « Chat » – est d'Ussel. Comme Marcel Lewin, le toubib, ancienne gloire du pack briviste devenu marathonien aux approches de la cinquantaine.

Il pleut sur Eygurande, Bourg-Lastic, Laqueuille, dont les bars, par diplomatie, arborent les deux couleurs.

Il pleut sur les volcans, il pleut sur le puy de Dôme. Il pleut et le ciel est très bas sur les faubourgs prolos de Montferrand dont les gamins agitent des fanions bleu et blanc. Parce que Tulle est ville prolétaire, tandis que Brive se donne des airs de bourgeoise à la mode. Cliché ? Pas tout à fait. Les voitures brivistes sont plus rutilantes, les complets mieux ajustés.

Il pleut sur les usines grises de Michelin, sur le gris du stade qui s'appelle comme il se doit Marcel-Michelin. Souvenirs lointains de mes prestations de junior, dans cette même enceinte où la foudre assassina un bel ailier de l'ASM, Jean-François Phliponneau. Évocation d'un autre disparu, Robert Vigier, alias « Popeye », talonneur de l'ASM et de l'équipe de France, originaire du pays bortois et réputé pour sa force de bras. Il était de l'épopée Mias en Afrique du Sud, et disputa le test-match victorieux... avec un infarctus du myocarde. Il en faut davantage pour arrêter un Auvergnat ! Bernard Chevalier, le « cheval » de trait de l'ASM aux oreilles de fennec, fut viré de l'équipe de France, en 1955 au motif bizarre qu'il poussait trop fort en mêlée. Sic. Massif central, terre de rugby, terre de courage. Tulle invoque cette tradition. Brive est marquée par d'autres influences.

Le ciel est gris et les couleurs des deux protagonistes aggravent la sombritude du décor. L'obtention d'une place assise étant soumise au marché noir, je suis debout, les pieds dans l'eau, mais c'est ainsi qu'il faut vivre un tel match, au plus près de la foule et pas dans une tribune officielle où l'on ne sent rien. Bernanos a écrit que les émotions fortes de la guerre sont l'apanage du troufion de base, le galonné de l'arrière n'en connaît que de vagues on-dit. C'est vrai des stades. Les officiels qui se pointent à trois heures moins cinq manquent le meilleur : l'approche de l'arène dans le faubourg, l'attente au coude à coude, la tension qui monte, cette houle qui vous offre gratis de chaudes complicités aux relents de merguez.

Ainsi ai-je voulu découvrir l'Arms Park de Cardiff : debout dans la dernière popu, cerné de Gallois qui me pissaient sur les talons, après m'avoir arrosé de bière depuis midi dans les pubs environnants.

Me voilà immergé dans la tourbe humaine, Corrézien anonyme, les nerfs à fleur de peau. Du bleu et du blanc : les miens. Du noir et du blanc : les Brivistes. Du gris tout autour, et des cris jusqu'au ciel.

Rossi est capitaine de Tulle. Sous le tunnel il serre la main de Jean-Pierre Puidebois, capitaine de Brive, avec qui il a disputé deux finales. Souvenirs. Visages livides, regards tournés vers l'intérieur.

15 heures. *Alea jacta est.* Mêmes débuts que contre Lourdes. Tulle joue en puissance, Tulle domine. Tulle piétine Brive. On dit « mâcher », Tulle défonce la défense, s'enfonce dans les brèches. Olé ! Fauvel, surnommé le « Fauve », retourne du noir et blanc, Ayral s'arrache, Rossi rameute, Malmartel l'ouvreur balade les avants brivistes. Olé ! Manzoni, Coly, Bournazel, Lamothe, Grandsire poussent ou percutent. Juan le numéro huit dame la gonfle à Joinel et même à Genois, l'immense et gentil « Gégène ». Le pauvre « Chat » n'a pas la moindre souris bleue à se mettre sous les griffes.

Tulle marque deux essais et contrôle le match. 16-6 au planchot à la mi-temps. Tulle ne peut plus perdre, le navire noir et blanc fait de l'eau partout. Les supporters brivistes ont des bleu et blanc à l'âme. La messe est dite, Tulle ira en demi, effacera le Stade Toulousain montera au Parc par le Capitole du soir. À nous deux, Béziers...

L'espoir tulliste reste discret sur les visages : surtout ne pas indisposer les dieux capricieux de ce jeu. On aura le triomphe modeste sur la route du retour. Enfin, jusqu'à Tulle : on s'éclatera au siège, chez Georges Luce qui, lui, n'a jamais dépassé les quarts. Tout de même, les dieux nous devaient ça : Brive est plus riche, plus pimpante, mieux considérée. Tous ces « plus » pèsent lourd en monnaie d'humiliation. La bande à Rossi, la bande à Jacky va solder l'ardoise. Oui, on va se prendre les Biterrois à la gorge, et on arrosera ça au Corbières. Raoul Barrière n'a-t-il pas avoué qu'il redoutait les avants tullistes. Pourquoi pas le Bouclier au « Café du Théâtre », avec le scalp d'Estève dedans ?

On a déjà taillé celui de Joinel. Il brille dans le tournoi, l'international, on ne l'a pas vu beaucoup. Serait-il souffrant ? Ah, si Ayral, Fauvel et Malmartel jouaient au CAB, ils seraient capés depuis belle lurette !

Il pleut, comme il pleuvra à la fin du monde sur le stade Michelin et l'Auvergne alentour. Que peut raconter Rossi à ses équipiers, durant la pause ? Que le moment est venu d'infliger aux Brivistes – on dit « les coujous » – une raclée historique. On sait depuis Lénine que l'Histoire ne repasse jamais les plats...

Le match a repris. Commence alors le compte à rebours familier aux supporters dont l'équipe mène au score. La pluie a alourdi le ballon et les jambes. Malmartel manque à 19-9 une pénalité peut-être décisive et cherche des touches trop longues ; son vis-à-vis Thiot trouve les siennes. Est-ce un mirage ? On dirait que les avants noir et blanc subissent moins, que les bleu et blanc patinent. Surtout, on dirait que Joinel s'éveille d'une longue somnolence. Il prend des ballons à deux mains, en récupère en second rideau, en glane sous ses pieds dans des mêlées stabilisées. Et perce en levant haut les genoux. On le plaque malaisément, le ballon ressort du côté briviste. Joinel s'est déjà relevé, on le sert, il perce, le grand Jean-Luc, et pointe un essai qui plonge les Bleus dans l'angoisse. 19-15. Il reste quelques minutes à jouer. Mermet se blesse. Un avant le remplace, qui n'a pas l'omniscience d'Amédée Domenech. Tulle est encore qualifié mais Thiot a repéré ce trois-quarts d'infortune et le bombarde sans merci. Tulle doute et cafouille, à l'image de ce malheureux avant que les griffes du « Chat » retournent comme une carpette. Et Joinel récupère, allonge sa foulée, fixe opportunément, ranime peu à peu la flamme briviste. Et mon cœur bat la chamade, ce serait trop bête à trois minutes de la fin. Trop injuste. Pas chrétien.

J'ai le pressentiment funeste que... Trop tard, l'attaque briviste a fusé, Riom s'est intercalé. Essai. On avait oublié que Joinel est un très grand joueur, il s'en est souvenu à nos dépens. Adieu le Parc ?

Pas encore. Thiot a manqué la transformation. Les prolongations confirment la supériorité tulliste. À nouveau, le pack domine. Je veux, nous voulons y croire. Contre les dieux qui décidément ont choisi les nantis : une seule incursion de Brive dans les cinquante Tullistes et Thiot nous plante un poignard en forme de drop.

22-19. Cinq minutes à jouer. Les bulldozers de Tulle s'approchent de l'en-but, les Brivistes se couchent partout, s'accrochent où ils peuvent. Ils sont hors jeu. Coup franc pour Tulle. Si Malmartel le passe, les Bleus sont qualifiés. Qui a décidé de le jouer à la main ? Tulle progresse, la Terre promise est à un petit mètre. Nouveau hors-jeu, nouveau coup franc. Dans un siècle, au comptoir du « Théâtre », on se demandera encore pourquoi l'avoir joué à la main, alors que le temps complémentaire réglementaire était échu.

Dans un siècle, on se demandera comment Tulle a pu perdre ce match. Aux vestiaires, les Bleus ont pleuré longtemps, longtemps, et sur la RN 89 peu de Brivistes ont klaxonné. Le sentiment de la justice existe de part et d'autre du tunnel d'Aubazine et Brive savait que sa victoire procédait d'une farce du destin plutôt que d'un prodige de ses joueurs.

Nous étions tristes sur la route. Pas tristes : accablés. De cette fin d'après-midi saturée de pluie date une sorte de résignation qui affecte l'économie autant que le rugby, et gagne les esprits. La ville décline, le club ne s'en remet pas. Ou l'inverse. Tulle, orpheline de son Sporting, ne sait plus à quel mythe se vouer. Chaque fois que Graulhet bat le Stade Toulousain, une poignée de

PME évite le dépôt de bilan, tant il est vrai qu'au pays du rugby la santé comptable des entreprises dépend du tableau d'affichage.

Plusieurs années ont passé avant que Jean-Pierre Fauvel consente à revoir le derby de sa vie au magnétoscope. Trop bête et trop injuste. Ayral et Rossignol ayant fait valoir leurs droits à la retraite, le « Fauve » a tenu jusqu'à trente-six ans le four et le moulin d'un Sporting en déshérence où Thiot qui le guillotina vint achever sa belle carrière. Pas facile de rentrer dans la nuit quand on a vu tant de lumière ! Pas facile, pour le patriotisme tullois, de tromper sa faim en groupe B 2 quand depuis la guerre les cadors d'Ovalie ont plié genou au Stade Alexandre-Cueille !

Pas facile d'admettre que Brive reste le seul club corrézien de haut étage – et qu'Ussel, sous-préfecture paumée aux marges de l'Auvergne, patrie de Noël Baudry il est vrai, joue dans la catégorie supérieure, avec un « Chat » revenu au bercail. Car l'US Ussel est monté en nationale en enrôlant un Auvergnat de Saint-Sauves, ancien Montferrandais, ours montagnard à la barbe mal léchée qui vit sans chaussettes, même l'hiver : Thierry Picard. Il aurait inspiré Pergaud, ou Vialatte.

Pas facile et pas agréable, mais c'est la loi. Les voisins de Cahors et d'Aurillac ont pareillement décroché de l'élite, faute de moyens. Tandis que le Sporting perdait Jean-Marie Cadieu, illustration exemplaire de l'avant du Massif central, le Stade Aurillacois déplorait l'évasion de Trémouille à Toulon, de Chamelot à l'ASM puis de sa belle étoile Viars au CAB. Quant au Stade Cadurcien, on imagine son rang s'il alignait sous le ciel bleu et blanc de sa casaque Denis Charvet, Philippe Benetton, Michel Courtiols et Abdelatif Benazzi.

Les temps sont durs pour les villes moyennes sans fric et sans facs. Mais la roue tourne ; peut-être Cahors et Aurillac reviendront-ils des Enfers pour nous jouer un scénario rétro, avec des Roques, des Boffelli, des Mommejat et des Martinez nouveaux. Le BO n'a-t-il pas tourné à l'envers les aiguilles du temps pour mettre ses montres à l'heure du Parc ? Un Blanco à l'abordage, un Ondarts sur le pont, un Condom dans la soute – et un club se refait une santé. Peut-être reverrai-je le RC Vichy de ma jeunesse dans l'élite, avec un émule de Dufau, venu des Landes pour apprendre aux Vichyssois à boire de l'eau sans bulles et mêlée de pastis ?

Peut-être le Sporting se retrouvera-t-il un jour au haut de l'affiche ? Il m'a donné tant de bonheur que son destin me file le blues. C'est mon club préféré, Brive vient juste après, patriotisme corrézien oblige. Pourquoi pas une finale Tulle-Brive, sur le modèle du Dax - Mont-de-Marsan de 1963 dont on parle encore dans les Landes sur le ton de la nostalgie ? Tulle l'emporterait par 22 points à 19 après prolongations, comme à Montferrand. La troisième mi-temps serait longue...

À CHACUN SA CULTURE

Hiver 89. Salon du livre à Toulon. La ville des Herrero n'a pas vraiment la fibre intello, mais Béziers est à l'affiche en championnat et j'ai un bon copain à *Var-Matin*, Daniel Alfanderi, qui me procurera un billet.

Alors, j'y vais. Le samedi soir, gens de lettres et notables varois dînent avec un académicien ou deux. À chacun sa culture. La mienne considère Mayol comme l'Acropole de Toulon, les bars de Besagne comme autant d'agoras. Quelle joie de feinter le banquet pour retrouver les hautes travées de ce cirque latin, sa fièvre, sa fanfare !

Mai 68 est loin. J'ai aperçu André Herrero dans son restaurant, sur la rade. C'est Daniel qui attise à présent la flamme du RC Toulon et Bernard qui soutient à Mayol la réputation de la famille. Il ressemble à André, en plus court, plus ramassé et au nez près ; le sien est enfoncé comme celui d'un boxeur. Talonneur rugueux et dur au mal. Il sonne régulièrement aux portes de l'équipe de France ; on lui répond que la place aux fauteuils d'orchestre est louée par Philippe Dintrans. Dommage...

L'ambiance de Mayol est toujours aussi incandescente. Voici les deux équipes sur le pré et au banc des entraîneurs la barbe grise, le bandeau rouge de Daniel. Il ne ressemble qu'à lui-même. Sauf le regard, qui est d'un Herrero.

Le millésime biterrois ne manque pas de corps. Gallard et Detrez en tronche, Gourrague à l'usine, le blond Carminatti à la tour de contrôle, le flanker Marty que j'aime bien parce qu'il est tulliste, Didier Camberabero que j'aime bien parce qu'il est le fils de Guy, le neveu de Lilian, le frère de Gilles. Ces sagas familiales, on en trouve à la pelle. Les frères Monterola, piliers de mêlée, adversaires directs lors de la finale Lourdes-Mazamet de 1958. Les Soro, les Moga, les Prat, les Boniface, les Labazuy, les Albaladejo, les Denjean, les Lacaze, les Alberto, les Leterre, les Bonal, les Spanghero, les De Gregorio, les Darbos, les Pecune, les Besson, les Barrau, les Savin, les Marot, les Vaquerin, les Buonomo, les Dugrava, les Urtizverca, les Plantey, les Lescamel, les Rimet, les Saux, les Lansaman, les Berbizier, les Cristina, les Genevois, les Merlos, les Portolan.

Et les Gallion car Bertrand, le grand frère du petit prince Jérôme, a précédé Bernard Herrero au « talon ». Leurs deux autres frères ont également joué au rugby : bon sang ne saurait mentir.

Je prends mon âge en plein visage en lisant la composition des équipes. Ce Blanc de Montauban, c'est le fils du pilier. Ce Romanais qui s'appelle Mignacabal, c'est un rejeton de mes tendres années. Un Dourthe nouveau s'épanouit à Dax et on voit à Mayol un Gruarin et un Delaigue qui me font des tempes grises.

Olivier Roumat est le fils d'un Ferdinand finaliste en 1959 avec le Stade Montois, Jean-Baptiste Lafont le petit-fils d'un international des années vingt. Geofrey Abadie, la flèche du Racing qui se teignait les cheveux en blanc, est le neveu d'André Abadie, le pilier international de Graulhet, juriste et légionnaire ; le fils d'Alain Abadie qui talonnait au coude avec son frère. Vichy annonce un Kobylnick ; j'ai levé les rideaux de son papa du temps où le mot Herrero se conjuguait au singulier.

Ils sont trois sur le nom, trois personnages en quête de légende. Trois et demi (d'ouverture) puisque Christian Cauvy a épousé une Herrero. Il existe une autre sœur et un autre frangin, Francis, qui n'était pas mauvais non plus.

André est revenu depuis longtemps du comté de Nice. Il a entraîné le RC Toulon, il l'a présidé. Daniel a cherché sa voix entre les mailles de l'idéologie soixante-huitarde. Il l'a trouvée chez les Indiens d'Amérique, l'a imposée sur la rade, puis dans les médias. On imagine les pastis familiaux induits par ce beau drame antique.

Les soldats de Daniel enchaînent à Mayol. Ils sont dignes d'un... André des grands jours. Diaz le moustachu, Bernard qu'on a surnommé « le Tigre », Braendlin le Suisse, Roux le baraqué, Orso l'impavide, Champ qui s'évade à grandes foulées, telle une panthère dans la savane, Louvet aux cheveux de hippie qui plaque, Melville qui percute bas, et ça fait mal aux épaules biterroises.

Gallion surveille le gouvernail, Cauvy arrose avec sa botte enchantée. Le gentil Christian fait honneur au clan familial. Beau-frère des Herrero, c'est un destin. Les Biterrois sont passés par les armes, à la régulière, sans un horion. Une première mi-temps idéale, dont Daniel se souvient encore. L'état de grâce toulonnaise : chaque passe adéquate, chaque regroupement fécond, chaque enchaînement coordonné. Chacun pour tous : aucun avant ne s'isole ni ne triche. Tous pour un, le capitaine Jérôme dont les jambes laissent pantois les défenseurs de Biterre.

Ce Toulon-là est à hauteur de sa légende. La foule exulte : je suis aux anges ! On peut hanter des stades pendant des saisons entières, dimanche après dimanche, sans connaître le privilège d'un tel moment où les acteurs sont miraculeusement *adéquats*.

La seconde mi-temps sera ordinaire. Les dés étant joués, les dieux toulonnais ont regagné leur Olympe, là-haut, derrière le Faron. Gavés de ballons, les avants rouge et noir cafouillent comme ceux de Grenoble ou de l'ASM dans leurs mauvais jours.

La fête est finie, Mayol éteint ses lampions. Je retrouve dans la nuit tiède un quarteron d'intellos en goguette, je leur dis que je viens d'assister à un événement artistique rare, un attendu de la *culture* toulonnaise. Ils croient que je fais de la provocation.

Daniel Herrero a permis à Toulon de participer au directoire rugbystique des années quatre-vingt, à égalité de prestige avec le Racing et le Stade Toulousain. Ses joueurs lui ont offert un titre de champion, attendu sur la rade depuis cinquante-six ans. Leurs cadets en ont offert un autre... à André, devenu président. Étranges chassés-croisés de la gloire autour d'un patronyme d'immigrés catalans !

Daniel a écrit deux livres où un lyrisme à la Giono déclamé par Raimu et une éthique à la Lanza del Vasto se font des passes, éventuellement des feintes. C'est un avaleur d'étoiles, la sienne ne lui suffit pas. On signale sa barbe et son bandeau au PUC qui voudrait, semble-t-il, remonter sur les planches. Pourquoi pas ? L'esprit du PUC, c'est la bohème. Elle est garantie sur carton à dessins dès lors que Roger Blachon préside le club. Blachon qui plaquait dur, qui dessine avec tendresse des personnages de tous les jours, ennoblis par le sport.

Blachon, l'ami des Blondin. Tout se tient dans notre bulle ovale, les coups de crayon de Blachon, les coups de gueule des Herrero, les dégagements de Blondin dans les vingt-deux bistrots qui égayent les pourtours de Saint-Germain-des-Prés. À Paris le rugby a froid dans le dos. Peut-être Daniel saura-t-il ensoleiller le bitume, et allumer à Charlety les incendies de Mayol ! À moins qu'il ne s'enrhume le cœur à force de chercher son Faron en regardant la tour Eiffel depuis le pont de sa péniche. C'est un enjeu hautement culturel.

Bernard a cessé de jouer parce qu'un imbécile lui a tiré dessus, à bout portant, sur la rade, devant sa brasserie où se retrouvaient les joueurs de Toulon. Il faut au moins une carabine pour abattre un Herrero. Et il faut s'appeler Herrero pour poursuivre à mains nues un type armé d'une carabine. Bernard était un guerrier comme André, un doux sous l'écorce ravinée par les mauls. Un modeste aussi qui, loin d'en vouloir à Dintrans, l'admirait et l'estimait. « J'étais plus besogneux, Philippe plus brillant, voilà tout. » Ce mot de la fin vous campe une morale.

André a mis des moustaches, chaussé des lunettes et arrondi les angles de son verbe. On dirait un retraité ou du moins un de ces demi-solde de l'Empire chers à Balzac. Mais soudain l'œil s'allume, le front se plisse, c'est toujours lui : qui s'y frottera dans les comités s'y piquera comme sur les terrains.

He-rre-ro : cela sonne comme l'appel du clairon sur un champ de bataille, le premier vers d'un poème épique de Victor Hugo. Mon frère ce héros...

Herrero : trois consonnes pour ressusciter les images des Austerlitz et des Waterloo d'André aux côtés de Crauste, Dauga, Rupert, Le Droff, Sitjar, Spanghero, Salut, Plantefol, Fort – et aussi, qu'il me pardonne, de Christian Carrère. Sans oublier un autre croisé, grand, fort et beau comme le légionnaire d'Édith Piaf, le Voultain Maurice Lira qui est monté au ciel pour mieux capter les balles...

Herrero : la passion toulonnaise sur le parvis d'une cathédrale conçue en rêve par Félix Mayol, fréquentée depuis par des nuées de fidèles, dégradée récemment par le chancre immobilier, qui n'a même pas le respect de la religion. Avec une piété pagnolesque l'ancien arrière de Toulon, Marcel Bochero, finaliste en 1948, a consigné les riches heures des moines-soldats en rouge et noir. Car au pays chaud des Herrero le rugby est une croisade, le courage un impératif catégorique. On va au combat pour vaincre ou mourir – et si l'épée vient à trembler, gare au Torquemada qui sommeille en chaque spectateur de Mayol...

III

LE TEMPS RETROUVÉ

RUGBY PENAUD, RUGBY HERRERO

Automne 1992. En attendant le jour de gloire d'une improbable finale Brive-Tulle, je goûte le renouveau briviste. Très corsés, les premiers millésimes des années quatre-vingt-dix. Années-lumière, dirait-on. Quand Sébastien Viars allonge sa foulée, c'est la panique dans le camp ennemi. Quand Alain Penaud, de Juillac, Corrèze, n'écoute que son bel instinct, s'offre une véronique et prend la clef des champs, je retrouve le grand CAB fier de soi de l'époque de Villepreux. Comme par hasard Pierrot est revenu à Brive pour y propager sa passion du jeu... à la briviste.

Penaud : enfin un attaquant dans l'auguste lignée des Dauger, des Bouquet, des frères Boniface. Enfin un pianiste qui interprète librement ses classiques, un maestro qui sait lancer le bal des cavaliers. On attendait ce messie depuis Maso.

Comme lui il sera discuté par les stratèges de comptoir. On lui reprochera de trop tenter, de trop parler, de ne pas se fondre dans un groupe comme un sucre dans de l'eau. Vieille antienne des tristes apôtres de l'anonymat. Penaud nous tombe du ciel pour sauver le rugby français de la morosité : je crains qu'on ne fasse tout pour affadir son style. Soit il biaisera pour survivre, soit il payera cher sa supériorité, tant elle est flagrante.

Puisse-t-elle aider le CA Brive à ramener le Bouclier au bord de la rivière Corrèze. On l'y attend depuis si longtemps que les Tullistes l'arroseront, toute rancune oubliée.

Par charité on le prêtera à Dax, qui l'a manqué de peu. Mais Tyrosse mériterait tout autant qu'il y passe une saison : aucun village de France ne s'identifie autant à un club, aucun club n'est aussi méthodiquement pillé...

Rugby Penaud, rugby Herrero : deux paroxysmes, deux allégories de la ruée vers l'or, en chariot ou à cheval.

Entre les deux, faut-il choisir ? J'aime les gladiateurs, les laboureurs, les déménageurs des packs. Leur code d'honneur sera peut-être le der-

nier vestige de l'antique chevalerie. J'aime les piliers de devoir, les seconde ligne de soutien, les bœufs qui poussent, plaquent, encaissent sans ciller et rendent la monnaie par déontologie.

J'aime aussi les virtuoses aux semelles de feu, les harmoniques du jeu de ligne, les intrépides qui partent de leur en-but comme les Rois Mages vers Bethléem.

Après tout il y a un siècle que le rugby communie sous les deux espèces, le pain des avants, le vin des trois-quarts. Deux façons d'être, deux hémisphères psychologiques. Dans mon panthéon, Boni côtoie d'humbles « mulets » aux tronches barrées de cicatrices. J'ai pris de vifs plaisirs en assistant à des joutes confinées dans le périmètre sulfureux des avants. C'est mon côté tulliste. Je ne me réjouis pas moins lorsqu'un ballon file de main en main à la vitesse de l'éclair. C'est l'école aquitaine.

Évidemment, on peut rêver d'une synthèse à la sauce lourdaise. Mais tout de même, les traditions obligent. On est toujours surpris quand la mêlée de Grenoble recule, toujours déçu quand un centre montois tape en touche. C'est le génie du rugby français d'avoir autant d'âmes que de clochers – et toutes sont bonnes à étreindre, les trapues et

les effilées. Le jour où l'on jouera à la Penaud au pays des Herrero, l'ami Jean Cormier boira du coca, Walter Spanghero aura l'accent de Pigalle, Jeff Tordo détestera les animaux et la Corrèze traversera le Kentucky.

L'ennui naquit un jour de l'uniformité. Elle contristerait le rugby si demain une dizaine d'écuries financées dans des métropoles se répartissaient le cheptel des talents haut de gamme. Les joueurs réciteraient tous la même leçon, ils deviendraient interchangeables et notre belle Ovalie perdrait ses mille saveurs.

TRENTE ANS APRÈS

Près de trente années se sont écoulées depuis l'époque où le rugby français consumait le dernier bois de ses vertus paysannes, dans une grande humilité médiatique. *L'Équipe* le lundi, *Midi-Olympique* en milieu de semaine, de *Miroir du rugby* une fois par mois, les *Cahiers de l'Équipe* une fois l'an : avec ces ingrédients, l'aficionado faisait sa mythologie dans le secret de son cœur. Elle était belle.

Les joueurs de nationale ne percevaient qu'une redevance modeste. Ils s'entraînaient peu, buvaient sec, mangeaient gras, grillaient éventuellement une gauloise avant de pénétrer sur l'herbe. Une ou plusieurs : Jacky Bouquet, qui s'est toujours laissé vivre, affûtait sa forme internationale avec un mélange de tabac et de pastis. Trois paquets par jour et des apéros en cascade, voilà

le secret de ses envolées ! La veille du match historique de Johannesburg, le capitaine de l'équipe de France, Lucien Mias, s'enivra copieusement au rhum pour soigner une sinusite. Cette thérapie en vaut bien d'autres.

Les équipes se déplaçaient souvent en train, elles rentraient au pays dans la nuit du dimanche au lundi ; les joueurs reprenaient le turbin avec un œil poché, un nez aplati, un genou gros comme une citrouille. Au début des années cinquante Merckx fut tout aise d'aller prendre quarante pions et autant de marrons à Mayol : il n'avait jamais vu la mer. Les joueurs se contentaient de peu : une prime par match gagné, une enveloppe en fin d'année, un gueuleton avec épouses pour fêter une qualification. Ils procédaient de leur terroir et n'émigraient pas volontiers. Toute l'Ovalie était en effervescence lorsque Jean Barthe lâchait Lourdes pour aller prendre un peu d'argent au jeu à XIII.

Juste un peu : le fric ne régnait pas, il beurrait quelques épinards. Les rugbymen étaient agriculteurs, dentistes, ouvriers, ingénieurs, charpentiers ou gérants de bar. On voyait même un élève de Normale sup en nationale : Pierre Broche du PUC, Toulonnais en fin de parcours. Blachon tail-

lait ses crayons d'artiste entre deux plaquages. Mias sortait d'un maul pour entrer en médecine et ça ne coûtait pas cher aux contribuables de Mazamet.

Les entraîneurs n'avaient pas lu Freud, ils aboyaient devant le joug des consignes sommaires : plus fort, plus vite, plus soudés. Les dirigeants ignoraient les subtilités du management, ils géraient leurs clubs à l'artisanale, avec des budgets d'épicerie.

Désormais, ils prétendent diriger une entreprise, adoptent le patois d'HEC, sollicitent le concours de pédagogues abscons, de sponsors dûment cravatés, de communicants, de médecins imbus de sophrologie et de diététique. Sic. On apprend aux internationaux comment parler à la télé pour ne rien dire – et si la langue est trop bien pendue, on les prive de Parc, ils ont péché contre « l'image ».

Les équipements de tous les clubs ou presque affichent les bandes Adidas, le sigle Puma. Pour ces estimables entreprises le rugby n'est pas un jeu, encore moins une culture, juste un « marché ». Comme la France. D'ailleurs les Tricolores se font sponsoriser. Tôt ou tard ses bailleurs exigeront un strapontin au comité de sélection. Puis un fauteuil : quand l'argent se place, il escompte toujours les dividendes.

Même les appellations trahissent une compromission du royaume d'Ovalie avec les vilaines mœurs de notre fin de siècle. Au CA Bègles de toujours il convient d'ajouter Bordeaux et Gironde, parce que Chaban et le conseil général arrosent les damiers.

Le reste à l'avenant. Les joueurs des clubs friqués s'entraînent chaque jour et sont censés carburer au jus de carottes, comme les mémés californiennes. Est-ce bien raisonnable et est-ce bien français ? Ils négocient leur image, c'est devenu leur obsession. Pourquoi s'en priveraient-ils ? Si j'avais été un grand joueur à leur âge, et non un petit, j'aurais pris ma monnaie comme un autre. Quitte à taper sur l'épaule de ces « dir-com » qu'on commence à voir dans les tribunes dites d'honneur, qui ne sont pas de notre monde mais qu'il faut bien tolérer parce qu'ils détiennent la planche à billets. Ne pas s'imaginer que les joueurs soient dupes. Ils rigolent en voyant les mouches à rugby se rincer l'œil autour des vestiaires, quand les bestiaux du pack reviennent de la douche.

Cet érotisme prêterait à rire s'il n'était le symptôme d'un air du temps qui contamine le rugby après avoir infesté la société française. C'est l'air vénal des années quatre-vingt, il incline les dirigeants à un sous-tapisme qui sonne faux, à cause de l'accent. C'est le vent mauvais de l'Histoire qui parachute l'idéologie des raiders dans nos Gascognes assoupies, au risque de noyer le rugby dans un bain de ridicule.

Car enfin l'« élitisme » (sous-entendu : le fric) dont un quarteron de présidents se gargarise, pour singer ceux du foot ou des multinationales, ne tiendra pas longtemps la route. Ou alors le rugby deviendra un appendice provincial du football américain. L'Ovalie française repose sur l'esprit de clocher et la métaphysique des troisièmes mi-temps. Son terroir est intime, son ressort ludique, sa morale mousquetaire.

La bureaucratie fédérale est comme un taon sur l'encolure d'une vache landaise, elle prolifère, elle légifère. Elle voudrait mettre la fantaisie au pas de l'oie, comme à Tirana. Son critère de sélection a le mérite de la simplicité : elle veut des jeunes gens dociles. Elle a du mal à les trouver. Sa finalité est aussi courte que ruineuse : il faudrait qu'on pratiquât le rugby à Vesoul (Haute-Saône), où il n'a rien à faire, et qu'on thésaurisât en surmédiatisant le XV de France. La Coupe du monde n'a pas d'autre vocation ; ce qui démontre, hélas ! que les Britanniques, longtemps à cheval sur les traditions, ont baissé pavillon, et pantalon, devant tels marchands de spectacle. L'esprit du Mundial appartient au foot, sport universel qui n'exige aucune initiation et focalise des sentiments de masse. Son ballon est rond comme le globe, il peut rouler partout. Le nôtre n'a rebondi du Warwickshire que dans les Dominions, chez les aristos de Buenos Aires et les soldats de Bucarest. Sinon, il est resté dans les collèges irlandais, les vallées galloises, les landes écossaises, l'Occitanie élargie à quelques montagnes. L'intimisme sied au rugby, pas la banalisation.

Alors, pourquoi ce fric dilapidé, ces sponsors qui finiront par se lasser de raquer sans comprendre ? Pourquoi cette vertigineuse inflation dans le troc des talents ? À cet égard, quelques clubs français passent la mesure ; les autres s'alignent stupidement, au lieu de convenir ensemble d'une baisse des cours. Pourquoi tant de municipalités se ruinent-elles en subventions (« l'image ») pour avoir 628 spectateurs payants quand il fait beau le dimanche ? Les joueurs perdent en liberté, en joie de vivre et en perspectives professionnelles ce qu'ils gagnent sous la table. Sans accéder pour autant à la richesse d'un footballeur de haut niveau, il s'en faut de beaucoup. D'où leur rancœur, très compréhensible, en écoutant leurs dirigeants pérorer comme s'ils avaient le magot d'un Berlusconi.

Certains présidents de club font l'effet de roquets mimant les dobermans de la haute finance. Ils sont moins dangereux à tout prendre que certains sponsors authentiquement milliardaires, pour qui le rugby français est une danseuse. Petits cadeaux, gros cachetons : ils s'offrent un hochet ovale en corrompant les praticiens, les administrateurs, éventuellement les chroniqueurs. C'est moche. Autant un partenariat de terroir tel celui de Fabre à Castres paraît naturel, autant l'intrusion des magnats, cynique ou naïve, fait froid dans le dos. Méfiance, donc...

Aux sommets de la hiérarchie fédérale, la mégalo atteint des altitudes comiques. On fomente des « complots » pour prendre le « pouvoir », comme s'il s'agissait d'investir l'Élysée ou le Pentagone. On passe à la télé, on se répand dans les cantines de la jet, on dégaine l'« éthique » et autres gros mots. On s'acoquine, on se débine. On laisse croire que le rugby serait aussi pollué que la politique, alors que ces tempêtes picrocholines dans un verre de pastis n'intéressent qu'un nombre restreint d'ambitieux, dont les grosses ficelles sont tirées par un nombre limité de hauts financiers.

J'aime *Midi-Olympique*, je l'achète depuis l'âge de mes premiers flirts, c'est mon pain hebdomadaire. J'aime ses chroniqueurs quand ils me racontent une partie de rugby, ses à-côtés, ses odeurs, ses couleurs, sa morale s'il y a lieu. Peu me chaut d'apprendre que Fabre est plus ou moins socialiste que Lapasset, de qui Fouroux est le gourou, ou les tenants obscurs du conflit qui oppose Paparemborde à Berbizier. Peu me chaut les stratégies qui se trament à la Fédé, les prébendes en jeu, le choc des vanités.

Peu me chaut la Fédé, ses experts bidon, ses commissions *théodules*, ses coulisses florentines, la langue de bois de ceux qui la contrôlent. Langue de bois et de vipère : ils se tirent tous dans les pattes, je n'ai pas envie de savoir pourquoi. Je réclame le droit à l'indifférence. Le rugby n'a aucunement besoin d'une administration ubuesque et pleine aux as. Est-on en Ovalie, terre brûlée de soleil, et rebelle, ou bien dans le palais de quelque satrape oriental ? Que veulent ces importants qui se haussent du col ? Qu'on parle d'eux, sans doute.

Parlons plutôt des joueurs. Le rugby leur doit tout, laissons-les vivre, laissons-les jouer. On les contrôle, on les soupèse, on les accable de recommandations. On planifie leur jeu, ça les rend craintifs, ça les stérilise. Laissez libre cours à leur fantaisie, il n'y a pas de meilleur manager que le vent de la liberté.

Laissez les Tricolores déconner avant les matches, et après. Tant pis s'ils chiffonnent leur blazer comme Guy Boniface : mieux vaut une tenue négligée qu'un esprit engoncé ! Et tant pis s'ils disent « merde ! » au président de ceci, au ministre de cela, comme André Boniface : l'irrespect est une vertu rugbystique, la servilité une tare universelle.

Laissez-leur le temps de glaner un diplôme ou d'apprendre un métier au lieu d'en faire des bêtes à concours, genre RDA sous Honecker, avec trop de stages et trop de tournées. Ça remplit vos caisses (beaucoup), leurs poches (un peu) mais au train où vous les menez, ils finiront dans la peau de mercenaires à gages – et à trente-deux ans vous les oublierez pour « promouvoir » de la chair plus fraîche. Du semi-professionnalisme ils chuteront dans le lumpen-prolétariat, sans transition. N'abusez pas de leur jeunesse, vous commettriez un péché mortel contre l'esprit du rugby.

Trente ans après, les héros de ma jeunesse ont pris de la brioche et perdu des cheveux. Enfin, presque tous : André Boniface n'a pas changé, il a toujours son port altier, sa silhouette ailée, son sourire d'enfant déçu par la méchanceté des adultes.

Alfred Roques est devenu un brave pépé du Quercy que le rugby indiffère. Il ne va même plus voir jouer Cahors sur le stade au bord du Lot dont il fut le gardien. Et le héros. Anti-star comme Jacky Bouquet dont le ventre s'est épanoui. Épicurien toujours pratiquant, l'aimable Jacky vadrouille entre Bourgoin et Vienne, les deux pôles de sa renommée. Il aime les copains, le bon vin, la bonne chère et le rugby à la Penaud.

Il n'aime pas beaucoup les dirigeants, il met ceux du présent et du passé dans le même panier : tous des branquignolles. Ça ne l'empêche pas d'égrenner ses souvenirs, avec un sourire embué de nostalgie. Il admirait les Boni, il les aimait. Il aurait voulu jouer à l'ouverture en équipe de France, avec les frangins au centre. « Ils » n'ont pas voulu. Ils ? Les sélectionneurs à tête de bois, qui lui demandèrent de passer ouvreur à Vienne... pour le retenir au centre du XV de France. Sur leurs incuries, Jacky est intarissable. « Ils » ont pris les Cambé trop tard, « ils » ont récidivé avec Marc Cecillon.

Oublions-les, Jacky, « ils » sont incurables. Raconte-nous plutôt tes campagnes dans le Tournoi. Le soir tombe sur le Rhône. Nous avons vidé force bouteilles de côtes-rôties avec Accoceberry et Manissier, ses complices du grand CS Vienne des années cinquante. Le regard de Jacky Bouquet cherche des images dans les étoiles. Nous sommes à Cardiff, l'artiste blond efface Morgan, redresse sa course, accélère, s'envole, et remettez-nous ça...

Je remets souvent ça avec Jean-Claude Rossignol dans le restaurant qu'il tient près de Périgueux. Le lieu-dit s'appelle... Rossignol, et l'aimable Rossi, qui désormais porte besicles, est né dans les parages. Comme Bouquet il trouve que l'esprit du rugby se perd – et Dieu sait qu'il le cherche, on voit sa barbe dans tous les jubilés. Elle ne fait plus peur à personne. On ne conseillera pas pour autant d'aller la lui tirer : la poigne de Rossi reste ferme.

Celle d'Amédée n'était pas molle, mais le Duc s'est acheté depuis longtemps une sagesse. Il ne fume plus, il boit raisonnablement – mais il cause comme un livre de Denis Lalanne, lequel convoque ses souvenirs de Pretoria ou Christchurch sur les terrains de golf de Biarritz. La moustache est restée malicieuse, la plume vive et le cœur vaillant – mais Denis trouve lui aussi que le rugby s'enlise dans les gros sous et les petites combines. Il regrette le temps des Boni, qui renvoie à celui des Prat, et en amont à celui de Jean Dauger, son voisin, son ami. Celui que Blondin surnomma le seizième homme du XV de France écrira-t-il encore sur le rugby, avec sa verve généreuse ? C'est tout le mal qu'on lui souhaite. Encore faudrait-il que les modèles méritent l'hommage de son stylo – bref, que les joueurs aient du style, ainsi que le moyen de l'exprimer. Vite, rendons-leur le rugby...

Jean Prat est resté « Monsieur Rugby ». Là-haut, sur sa montagne, ce faux ours parfaitement gentleman enrage de voir dilapider un trésor qu'il avait fait fructifier à Lourdes, et en équipe de France, avec une obstination de berger pyrénéen. On passerait des nuits à l'écouter parler de rugby. Il raisonne juste et droit, sans trop de pitié pour les sots, les fats et les médiocres.

Bernadette Soubirous lui doit un cierge : l'apparition de 1844 a été confirmée par les miracles en bleu et rouge, miracles hebdomadaires, entre 1945 et 1958, d'un rugby du feu de Dieu. Rugby à la française. À quoi songe Jean Prat lorsque, empruntant la route de Pau pour aller retrouver ses amis Crauste ou Boniface, il longe le vieux stade Béguère ? Aux valeurs en usage au Grand Siècle : le naturel, la simplicité, la rigueur. Elles font défaut par les temps qui courent, c'est pourquoi notre rugby n'a plus l'allégresse d'antan.

André Boniface s'apprête à quitter Mont-de-Marsan comme on plaque une épouse indifférente ou volage. Ou comme on quitte la maison quand l'épouse a cessé de vous y désirer.

Mont-de-Marsan a-t-elle jamais aimé l'aîné des

Boni ? J'entends : aimer d'amour, comme une femme se doit d'aimer l'être d'exception qui a daigné l'élire entre toutes.

Que serait Mont-de-Marsan sans les Boni ? Un chef-lieu anonyme. Certes, le caractère de Dédé est incommode. On ne saurait demander à un seigneur de ployer l'échine comme un subalterne. Du reste, André Boniface n'est hautain que par dépit amoureux : il a tout donné au rugby, sans prendre un fifrelin, il eût apprécié qu'on le dédommageât en monnaie affective, la seule qui vaille à ses yeux. Merveilleux Boni, toujours épris d'un rugby idéal, et à jamais inconsolable d'avoir perdu du côté d'Hagetmau la part joyeuse de lui-même. L'absence de Guy pèse si lourd ; il se sent tellement seul, le Petit Prince des Landes, bientôt sexagénaire, mais François Mauriac avait raison, on a toujours le même âge, André Boniface est un gamin de douze ans qui rêve de jouer mieux que Dauger. Il a rêvé le rugby toute sa vie, il continue en solitaire, ausi accablé de mélancolie que le Chateaubriand des *Mémoires d'Outre-Tombe.*

Boni s'en va. Je crains que cet exil ne sonne symboliquement le glas des figures du rugby hautes en couleur. Hautes tout court. Sélectionnerait-on aujourd'hui un Prat, un Mias, un Domenech, un Herrero ? Ils avaient l'orgueil à fleur de langue, comme d'Artagnan, comme Alain Penaud. J'en veux aux Montois de leur ingratitude. L'âme des Boni fait ses valises, elle va se balader au-dessus des vignes de Montfort-en-Chalosse. Mont-de-Marsan retombera au niveau de la mer. Adieu passes croisées, adieu belles chimères.

Adieu, rugby que j'aime ? Non. La dérive est fâcheuse mais les sources ne sont pas taries. Les bourgs de l'Aquitaine et du Languedoc où je continue de butiner de la philosophie ovale ont la fièvre chaque dimanche, et les joueurs sont aussi attachants que leurs aînés. Même les stars. Souvent ils boivent en cachette les picaillons dont on leur fait l'aumône, très conscients d'être utilisés. Les humbles se défoncent pour des clopinettes. Du Boucau à Châteaurenard et de Brioude à Thuir, d'innombrables galopins réinventent la soule à chaque récré. Même apprentissage dans les vertes vallées de Richard Llewellyn et autour des manoirs hantés de Walter Scott.

Le temps passe, il est vrai. Les serre-tête ont disparu, les entrées « en bélier » sont prohibées et les prises sur introduction adverse se font rares. Les protège-dents sont apparus en même temps que l'élastoplast et l'affichage électronique.

Mais les mœurs d'Ovalie n'épousent leur époque qu'à contrecœur et sur la pointe des crampons. Les joueurs ne sont pas les derniers à déplorer les méfaits de l'argent. Méfaits qu'il convient peut-être de relativiser : l'amateurisme était déjà un peu marron à la Belle Époque, où le SBUC rémunérait un entraîneur à plein temps. C'est au tournant du siècle dernier que la notion de « manque à gagner » apparut dans l'Angleterre minière de D. H. Lawrence, provoquant le schisme et l'invention du jeu à XIII. Manque à gagner : euphémisme british. Nos amis d'outre-Manche prônent un amateurisme à billetterie variable. Ces parangons de vertu, qui nous exclurent du Tournoi durant les années trente, le veulent rebaptiser « Championnat des Cinq Nations », ce qui est vulgaire, et préméditent des matches aller et retour pour arrondir leurs fins de mois. Pis : ils resserrent le nombre de clubs de leur Championnat. Perfide Albion, les livres sterling vont tuer ton rugby ! Bientôt, par les temps de chômage qui courent, les meilleurs joueurs écossais, gallois et irlandais, soudoyés par quelques méga-clubs, prendront la route de l'exil. C'est navrant.

Somme toute, nous cheminons vers le paraprofessionnalisme d'un pas autrement mesuré. Néanmoins trop d'argent circule dans le rugby français, ses structures sont trop pesantes et trop de potentats ressemblent à la grenouille de la fable. Mais il y a aussi des dirigeants pondérés qui payent de leur temps sans escompter un « gain d'image » en échange.

Surtout, il y a les joueurs. Rendons-leur le rugby et on verra éclore, sur les décombres de la bureaucratie fédérale, des kyrielles de braves fantassins et de cavaliers fougueux. Allons, le rugby n'est pas mort, car il... débande encore les prétentions de ceux qui le veulent mettre en berne. Un rien d'insouciance, un rien d'insolence et les gonfles regagneraient vite les ciels radieux de la mythologie. Courage, petits gars ! Les anciens qui nous font rêver n'étaient pas des surhommes. Ils osaient jouer à leur guise, voilà tout le secret de leur magie. Leur guise, c'était le rugby « à la française », comme on dit des moralistes et des stylistes. Le rugby improvisé, le rugby empanaché, le rugby endiablé qui stupéfie les Britanniques. Le beau rugby qui prend ses désirs pour des réalités et alors le coq n'en peut plus de chanter sa joie. Alléluia...

Auriac, hiver 1993.

Table

CET OUVRAGE A ÉTÉ ACHEVÉ D'IMPRIMER SUR SYSTÈME VARIQUIK PAR L'IMPRIMERIE SAGIM CANALE À COURTRY (77) EN JUILLET 2006, POUR LE COMPTE DES ÉDITIONS DE LA TABLE RONDE.

N° d'édition : 143523
Dépôt légal : octobre 2000
N° d'impression : 9557
Imprimé en France
R2